을숙도,
갈대숲을
거닐다

을숙도, 갈대숲을 거닐다

초판 1쇄 발행 2017년 12월 26일
   2쇄 발행 2018년 12월 7일

지은이 이상섭
펴낸이 권경옥
펴낸곳 해피북미디어
등록 2009년 9월 25일 제2017-000001호
주소 부산광역시 동래구 우장춘로68번길 22
전화 051-555-9684 | 팩스 051-507-7543
전자우편 bookskko@gmail.com

ISBN 978-89-98079-24-6 03810

이상섭 르포산문집

을숙도,
갈대숲을
거닐다

해피북미디어

차례

1부

탈근대와
근대의 퓨전공간,
자갈치

그녀는 모른다.
문어를 씹으면 그 속에 알싸한
첫사랑의 맛이 난다는 걸.
갓 삶아낸 문어를 씹으면 첫사랑의
아련함이 묻어난다.

자갈치 문어맛에 홀리다

와사삭! 엘리베이터를 타자마자 귀를 확 잡아채는 소리. 고개를 돌려보니 소리의 진원지는 꼬마였다. 꼬마의 손에 과자 봉지가 들려 있었다. 자갈치 문어맛. 저런 과자 이름도 있었나? 하긴 우리 때에야 '라면땅'이나 '자야'가 전부였었는데. 녀석은 반복적으로 과자를 입으로 가져가 깨물어댔다. 그때마다 문어 냄새가 났고 나도 모르게 군침을 흘리고 말았다. 원래 나란 놈의 정서지리학이 바다이지 않은가. 게다가 몸에 각인된 물의 유전자는 또 어떻고.

"낙지회도 아니고 문어 한 접시 먹자고 거기까지 가?"

집에 오자마자 아내에게 자갈치행을 제의했다. 그 랬더니 아내는 못마땅한 듯 눈썹을 치켜세우며 새된 소리부터 질렀다. 그녀는 모른다. 문어를 씹으면 그속에 알싸한 첫사랑의 맛이 난다는 걸. 입안에서 감도는 그 특유의 맛. 혀마저 스르르 녹아버리는 듯한 느낌. 그런 깊고도 알싸한 맛을 사람들은 알까. 더군다나 꿈틀거리는 다리를 볼 때마다 아직 쓰다 만 첫사랑 이야기가 떠오르지 않는가. 문어의 다리는 또 하나의 붓이니까.

"나도 따라갈래."

불청객이 따로 없다. 컴퓨터 앞에 앉아 "다녀오셨어요" 인사조차 없던 딸아이가 반색을 하며 나선다. 아마 처음부터 귀를 곤두세우고 엄마와 아빠의 대화를 엿듣고 있었던 모양이다. 둘만의 데이트에 원활한 참기름 역할을 작정한 것일까. 아니면 훼방 놓기로 작정한 것일까. 어쨌거나 딸내미의 동참 의지를 여기서 사정없이 꺾어버린다면 그 여린 가슴은 얼마나 상처를 받을까. 얼떨결에 응낙하고 말았다. 그 바람에 둘만의 오붓한 데이트가 졸지에 가족 나들이로 돌변하고 말았다.

퓨전공간을 응시하다

'장소 없는 공간'의 시대, 혹은 매트릭스. 자갈치는 퓨전의 공간이다. 아직 자갈치 곳곳에는 적산가옥들이 남아 있을 뿐만 아니라 현대 건축기술과 디자인이

자아낸 어패류시장 건물까지 들어서 있다. 그러니 자
갈치는 근대와 현대가 뒤섞인 곳이다. 그런 유서 깊
은 곳을 가족과 함께하다니. 이건 모처럼 가슴 뛰는
일을 맞는 거나 마찬가지다. 더군다나 여자의 약점은
가슴에 있다지 않은가. 졸지에 내 어깨가 무거워진다.

　수정터널을 벗어난다 싶자 금세 부산역이다. 잠시
뒤에는 영도다리까지 눈앞에 드러난다. 한때 근대를
상징하던 살아 펄떡이던 다리. 그러나 그 다리는 이
제 죽은 문어 다리처럼 꼼짝하지 않는다. 그나마 겨
우 하루에 한 번 관광객을 위해 살짝 들어 올려질 뿐
이다. 차 안에는 딸아이가 걸어놓은 요즘 대세 아이
돌이라는 '트와이스'의 노래가 흐르고 있다. 다리를
건넌다. 모처럼 나들이를 했으니 영도에서 자갈치를
바라볼 작정이다. 내 삶을 지탱하게 한 저 탱탱하고
푸른 허벅지 같은 바다. 바다가 보이자 갑자기 뇌세
포가 활발하게 움직인다.

　영도의 원래 이름은 절영도(絶影島). 그림자가 끊어
진 섬. 그러나 그 이름도 용두산과 용미산을 함께 놓
아야 제대로 풀린다. 힘차게 날아오르는 용 한 마리.

얼마나 세차게 날아오르는 용이었으면 용의 그림자마저 끊어졌을까. 관수가가 있던 용미산이야 이미 근대의 삽날에 뭉개지고 말았지만 그래도 표지석 하나 정도는 남겨주는 게 예의 아닐까. 하긴 요즘 젊은 이들이야말로 이 땅을 '헬조선'이라고 비꼬기 바쁘니 이 땅의 정기를 끊기 위해 박았다는 쇠말뚝에라도 관심을 둘 수 있을까. 더군다나 지금이 어떤 세상인가. 배가 '고픈' 건 참아도 배가 '아픈' 건 못 참는 세상이 아니던가. 땅의 가치보다 돈의 가치를 숭상하는 미래의 부동산 투자자들을 만드는 교육. 그래서 용미산에 위치했던 부산부청 자리에 다시 백화점이 들어서게 되었는지 모른다.

"와우, 지붕 위의 갈매기 문양 좀 봐."

남항동 해안도로에 차를 세우자마자 딸아이가 소리친다. 새로 지었다는 지하 2층, 지상 7층짜리 부산어패류시장이 오롯이 눈에 들어온다. 지붕 위에 날아가는 세 마리의 갈매기 문양이 선명하다. 부산의 새, 갈매기. 항구의 청소부이기도 한 새. 그러나 건물 외에는 날아다니는 갈매기가 없다. 그 많던 갈매기들은 어디로 갔을까. 더 이상 청소일을 포기했을까. 아니면 청소할 일이 너무 많아 파업이라도 벌이는 중인가.

어패류시장은 왠지 주위와 어울리지 못해 생경스럽다. 부산정신의 상징이자 대명사인 자갈치. '생산'만 알고 '생선'을 모르는 행정집행의 문화정책 마인드가 저런 건물을 급조해냈을 것이다. 자갈치는 근대의 상징이지 탈근대는 아니지 않은가. 그렇다면 차라리 근대의 배움터로 아이들이, 관광객이 거닐도록 좀 더 고민하는 것이 좋지 않았을까. 관부연락선과 왜관, 그리고 왜인들의 거류지. 근대문물의 물류장이었던 부산항의 모습을 연계했더라면 뼈아픈 근대를 뒤돌아보게 하는 산 교육의 현장이 될 수도 있지 않았을까.

병자수호조규(1876년). 일명 '강화도조약'이라 불리는 이 조약은 외국과 최초로 체결한 근대 국제법상의 통상조약이었던 만큼 허술한 점이 많았다. 명치유신으로 이미 근대의 맛을 본 일본은 근대문물의 판매처로 조선을 압박했다. 강화도 앞바다에서 군함의 무력 시위를 통해 첫 번째 내건 조건도 무조건 '부산포 개항'이었다. 그런 다음 개항지에서의 일본인의 토지 임차, 가옥 건축허가, 조선 연해 측량, 무역간섭 제한, 치외법권 인정, 일본화폐 사용, 무항세와 일본선박의 자유항해까지 받아내 조선을 향한 완전한 경제침략의 기반을 마련하고야 말았던 것이다. 그 결과, 부산 자갈치 일대는 조선 속의 일본땅으로 순식간에 전락한다.

그런 그들이었으니 민족성이 강한 동래를 가만둘 수 없었을 것이다. 동시에 동래를 깔아뭉개는 작업을 착착 진행해나갔다. 동래읍성을 없애고 급기야 이곳 해안 매립지에 우편국, 세관, 부산역, 경남도청 같은 주요 시설들을 거류지 중심으로 옮기는 데 성공한다. 3·1운동이 일어났던 부산정신의 상징이었던 동래는 그렇게 근대와 함께 쇠퇴의 길을 걷게 된 것이다.

"그렇다면 이 바다가 한 권의 슬픈 역사책이네?"

내 설명에 딸아이의 반응이 의외로 진지하다. 부산에 살면서도 몰랐던 역사. 오랜만에 아빠 역할을 톡톡히 하는 남편이 대견스러운지 아내 또한 물살 같은 잔잔한 미소를 머금는다. 기회는 이때다.

"자, 그럼 천천히 역사책 속으로 들어가 볼까?"

졸지에 허기진 배를 채우는 일이 미뤄지긴 했지만 아내도 그다지 불만이 없는 듯하다. 맞은편 용두산공원의 우뚝 솟은 탑이 보인다. 근대의 상징인 부산탑. 어쩐지 '수평세상'인 바다와는 어울리지 않는 것만 같다. 삶은 바닥에 있다. 봄도 이곳에서는 산에서 오는 것이 아니라 바다에서 온다. 난 그렇게 믿고 있다. 갯가 사람들은 안다. 철마다 나는 고기가 다르다는 것을. 탑을 지나 우리는 공동어시장 쪽으로 향한다.

상처의 공동체

공동어시장은 수산물의 집하장이다. 그러니 이곳에 냉동공장과 창고 들이 모여들 수밖에 없다. 자갈치가 여성의 공간이라면 여기는 남성의 공간이다. 먼 항해에서 돌아온 배들이 갓 잡은 물고기를 가장 먼저 부려놓는 곳. 그래서 새벽에 빛나는 곳이 이곳이다.

아이가 코를 막고 있다. 아내 또한 이마에 갈매기 형상이 뚜렷하다. 이곳에 모여든 생선과 수산물이 남긴 체취들. 거기에 이곳 바닷내까지 뒤섞여 묘한 냄새의 향연장이 되어 있다. 유홍준 시인은 사람들이 썩는 냄새를 싫어하는 건 죽음을 환기하기 때문이라 했던가. 그런데도 난 가슴이 왜 이리 쿵쾅거리는지. 미라처럼 굳었던 내 몸의 바다 유전자가 살아 꿈틀거리는 중이다.

"우와, 눈이다!"

코를 틀어쥐고 있던 아이답지 않다. 햇살에 반짝이는 생선비늘들. 마치 간밤에 쌓인 눈이 첫 햇살에 반짝이는 것 같다. 청소를 했지만 시멘트 틈 속에 수북이 쌓인 비늘들은 미처 없애지 못했나 보다. 아내 또한 반짝이는 물고기들의 문신을 밟으며 걷는다. 우리 일행은 발밑에 살아 꿈틀대는 물빛을 살피며 방죽을 거닌다. 바다색이 예사롭지 않다. 마산 앞바다가 벌써 와인색으로 물드는 적조를 보인다는 소식을 들은 탓일까. 물의 흐릿한 미소를 보니 갈매기가 왜 떠났는지 알겠다. 그때 물속에서 뭔가 움직이고 있다. 자세히 보니 어디서 날아왔는지 파란 나뭇잎 한 장이 파도를 타고 있다. 마치 그 모습이 한 마리 물고기 같다. 안도현의 시 '단풍물고기'가 생각난다.

우리 가족이 다가가자 배들이 고개를 끄덕이며 인사를 한다. 가히 나쁘지 않다. 눈에 띄는 해강 1호, 충무호, 동명호. 뿐인가. 망망대해를 항해하다 잠시 휴식 중인 배들도 즐비하다. 그러나 배들은 결코 그냥 쉬지 않는다. 나뭇가지에 앉은 새가 다음 하늘길을 준비하듯이 또다시 감행할 출항을 위해 대기 중일 뿐이다. 그건 선박 위에 선원들의 작업의 손길에서부터 직감할 수 있다.

"이 배는 무슨 고기를 잡나요?"

배가 너무 커서 혹시 참치처럼 덩치 큰 생선을 잡나 싶어 수부에게 물었다.

"고등어 잡이요!"

"그럼 고대구리라 불리는 밴가 보죠?"

"고대구리는 불법이제!"

수부의 대답이 방금 매운탕이라도 먹었는지 매콤하기 짝이 없다. 고대구리도 아닌 합법적인 어로작업을 하는 배이니 모르면 더 이상 묻지 마슈, 하는 것만 같다. 돌아서지 않을 수 없다.

"당신 정서의 지리적 터전이 바다라더니, 참."

아내의 핀잔에도 딱히 할 말이 없다. 사실, 난 바다의 유전인자를 타고났지만 바다를 잘 알지 못한다. 더군다나 나는 바닷가에서 태어나 성장했지만 머리가 굵을 무렵 섬을 떠나지 않았는가. 그러니 바다를 더 알고 싶은 마음뿐이다. 누군가 그랬잖은가. 바다는 또 하나의 우주라고.

생선상자를 만드는 사람들. 다음 출항을 위해 어구를 손질하는 사람들을 지나 어느새 새벽시장이다. 초입에 서자 사람들의 걸음걸이며 목소리가 달라져 있음을 느낀다. 날아오르는 비명이며 새처럼 파닥이는 여인의 손짓 하나까지도. 나팔손을 하고 외치는 아낙들의 파처럼 굵고 싱싱한 목소리. 이게 자갈치의 참모습인가. 다른 건 몰라도 삶만큼은 흥정할 수 없다는 듯 치열한 사람들의 모습에서 삶의 비의를 읽는다. 혹시 인파에 치여 구급차 타는 건 아닐까.

"어시장 골목에 왜 이렇게 정육점이 많대?"

아내가 묻는다. 몇 개월을 바다 위에 떠 있는 선원들. 그러니 허구한 날 물고기 반찬만 먹을 수밖에 없다. 자연 피부가 청색으로 변한다. 이런 청색증을 예방하기 위해 육고기를 먹어줘야 한다. 줄줄이 꿰듯 설명을 하자 아내가 '오호?' 한다. 딴에는 정서의 터전이 바다라는 걸 이제야 제대로 확인한 모양이다.

인파를 피해 해안길로 접어든다. 막혔던 바다 풍경이 다시 눈에 들어온다. 휘어진 남항의 해안선도 보인다. 이 해안선을 따라 곡절 많은 사연들이 모여들었을 것이다. 언젠가 난 이곳의 안개를 그런 사람들의 한숨이라고 표현한 적이 있다. 곡절 많은 사람들이 끝내 도달할 수밖에 없는 뭍의 끝, 바닷가. 그러니 한숨이 터져도 살지 않을 수 없도록 만든 곳이 이곳이리라.

'바다의 택시'라는 통통배들의 걸음이 부산하다. 외항에 떠 있는 배에 선원들과 소모품을 실어 나르는 작은 선박들은 바다의 속살을 가르며 달리고 또 달린다. 저 배를 타고 남항 일대를 구경하고 싶지만 아내와 아이는 멀미만큼은 죽어도 싫단다. 하긴 맞는 말일지도 모른다. 나를 만나 삶이 아찔한 줄타기이고 현기증이니 그게 삶의 멀미 아니고 뭐겠는가. 그런 멀

미를 어찌 또 경험하고 싶을까.

시장 풍경, 삶의 풍경

"하이고, 새댁이. 입 싸악 닫아걸고 고마 가만있으소!"

아내가 요리조리 눈길을 돌려대더니 끝내 냉장고 채울 욕심을 부렸다. 아내 눈에도 싱싱한 순백의 갈치에 회가 동한 모양이었다. 잠깐 시세라도 확인할까 물었는데 그만 자갈치 아지매에게 된통 걸려들고 말았다. 아내는 적수가 되지 못했다. 고수에게 단 한 마디 말도 못하고 완전 KO패. 싸게 주는 거니깐 더 이상 딴지를 걸지 말란 엄중경고. 아내가 어리둥절해 하는 사이에 툭탁, 소리가 나면서 갈치의 목이 달아나고, 톡톡톡, 세 번의 소리에 몸뚱어리가 삼등분이 되고 만다. 순식간에 갈치 네 마리가 우리 집 식탁에 오를 만반의 자세를 갖추었다. 손까지 잰 건 아내도 미처 생각지 못한 눈치다. 바스락거리는 짧고 경쾌한 소리를 끝으로 갈치는 아내의 손으로 넘어왔지만 아내는 미동이 없다. 어디 누가 이기나 다시 한 번 해보자는 걸까. 곁눈질을 해보니 아내는 재차 흥정싸움을 준비하는지 다른 물건을 또 살피는 중이다.

"고등어 싱싱한 거는 또 우찌 알았노, 쩨지놓으몬 기가 찬다 아이가."

아지매는 아내의 승낙도 전에 고등어의 머리를 잘라버린다. 그 순간 아내는 어어, 한다. 안 살 수 없게 만드는 삶의 고수들. 저게 진정 자갈치 아지매의 본모습이리라. 그런 와중에도 나는 딴눈하기 바쁘다. 그런 아내를 내버려두고 주위를 두리번거린다. 아마 여기 어디쯤 보수천이 흘렀을 것이다. 그렇다면 여기가 자갈이 쌓여 있던 바닷가였겠지. 덕분에 자갈치란 이름이 유래했지만 그 많던 자갈은 이제 어디서도 찾을 수 없다.

우리말에 '치'는 돌더미가 쌓인 육지의 톡 튀어나온 부분을 일컫는다. 어릴 때부터 난 '치끝'이란 말을 들었고 또 쓰며 자랐다. 그러므로 자갈치의 어원은 자갈치라는 생선에서 유래했기보다는 자갈이 많은 톡 튀어나온 지역이라는 말에서 유래했다고 보는 것이 더 타당하다. 물론 지금처럼 커진 것은 6·25동란으로 임시수도가 되고 전국 방방곡곡의 피란민이 모여들면서부터겠지만. 그런 덕분에 아직 이곳에서는 이북말도 간간이 들을 수 있다.

아무튼, 살기 위해 모여든 아낙들이 펼쳐내는 삶의 풍경을 어찌 다 형언하랴. 생선을 손질하기 위해 추켜든 여인의 엉덩이. 그 펑퍼짐한 엉덩이가 해처럼 환하게 보인다면 믿기나 할까. 삶의 엄숙함과 경건함을 여기서 맛보았다면 그게 거짓말일까. 비린 바닥과 혼연일체가 되어 살아가는 사람들의 삶을 한순간 일별하고 다 독파한 듯 말하는 것이 과연 옳은 것일까. 그들이 생선을 판 것이 아니라 생선이 그들을 살렸는지 모른다. 아마 오늘 밤에는 내 눈썹 위로 파도가 흩날리고 내 눈으로 밀물이 밀려올 것이다. 자식을 위해 멸막으로 향했던 나의 아버지. 지금도 굴껍질을 까며 하루를 보내는 어머니. 두 분 때문에 내 마음은 또 얼마나 자욱해질 것인가. 난 지금 자갈치 아지매를 보는 것이 아니라 내 어머니를 보고 있다.

문어는 아내와 먹을 음식이 아니다

"우리 집 음식 맛 하나는 기차게 참하요. 다들 자시고 그러쿤께."

문어를 삶아 건네는 아낙의 말. 그 말이 틀린 건 아니리라. 정말 자갈치 음식에서는 '착한 눈물맛'이 난다. 이곳의 남자 같은 여자들. 그들은 삶의 비경을 몸으로 보여주고 있었다. 몸은 낮은 곳에, 마음은 깊은 곳에 둔다 했던가. 아니, 여자의 마음은 '비밀의 바다'라 했던가. 가족을 위해, 자식을 위해 모든 걸 숨기고 낮은 이 바닥까지 나선 아지매들. 그러니 가장 착하고 눈물겨운 음식들만 자갈치에 모였다 해도 과언이 아니다. 그런데도 난 낭만에 아직 미련을 버리지 못했나 보다. 식당에 앉자마자 문어를 주문했고 아내에게 첫사랑을 다그쳐 묻고 말았으니까. 아내는, 첫사랑이 당신이라며 묘한 미소만 지었다. 하지만 그게 거짓말이면 또 어떠랴. 마음 깊은 곳에 첫사랑을 숨기고 있든 없든 현재가 중요한 것을. 더군다나 내 첫사랑의 맛도 내가 늘 상상하던 것일 뿐, 문어살을 몇 번이고 깨물어도 첫사랑의 젖꼭지 맛은 나지 않았다.

그런 탓일까. 내가 물린 문어를 아내 또한 끝내 젓가락 한번 내주지 않았다. 대신 겨우 아이와 입을 맞춰 다른 모듬회 하나를 뒤늦게 주문했을 뿐이다. 추가지출을 감수해야 했지만 가족의 행복지수를 높인다면 그보다 더한 출혈도 마다하랴. 문어를 씹으면서 첫사랑은 떠나기 위해 존재하는 것이고, 아내는 함께하기 위해 존재한다는 것을 알겠다. 문어는 아내와 함께 먹을 음식이 아닌 것이다.

날씨는 금세 천둥이라도 내리칠 듯 어두워져온다. 아내와 아이를 위해 내 살점을 도려내야겠다. 주차장으로 향한다. 난전의 늙은 부부 두 사람이 때늦은 끼니를 먹고 있는 것이 보인다. 저들에게는 밥은 배가 고파 먹는 것이 아니라 견디기 위해 먹는 것이리라. 힘들어도 견딘다는 것, 살아낸다는 것, 그것 참 거룩한 일임을 이곳에 와서야 알겠다. 두 사람의 입에서 크르르, 뱃전에 부딪치는 파도소리가 난다. 묘한 웃음소리에 잠시 내 귀가 먹먹해진다.

한국 근현대사의
저장고,
국제시장

여러분이 밟고 있는 이 거리,
골목 하나하나가 근현대사의 생생한
현장임이 이제야 실감 나는가.

역사적으로 부산의 도심은 세 번이나 바뀌었다. 동래읍성이 자리한 동래가 중심 역할을 하다가 일제강점기에 이르러 부산부청이 생겨나면서 용두산 일대가 도심으로 부상한다. 그러다가 근래에 와서야 부산시청을 위시한 각종 공공기관이 연제구로 이전하면서 연제구가 다시 신도심으로 부상하게 되었다. 그러니까 구도심, 원도심, 신도심이라는 세 도심을 가진 도시가 부산인 것이다.

도심이란 행정관청이 구심점이 되어 자연스레 사람들을 끌어들여 경제활동마저도 중심 역할을 수행한다. 그런 점에서 도심이란 한 도시의 정치적, 경제적 중심지인 셈이다. 오늘 우리가 여행할 곳은 구도심 지역의 하나인 국제시장이다. 한때 한강 이남의 최대 규모에 취급하는 물건만으로도 부산 최다이며, 일일 쇼핑인구만으로도 최고의 수를 자랑하는 길바닥백화점. 시쳇말로 탱크 빼고는 다 살 수 있는 곳이라 했으니 이곳을 제대로 구경하려면 다리품을 팔 각오를 해야 한다. 그런 각오가 섰다면 일단 지하철 남포동역에서 하차부터 하시라.

국제시장의 역사를 제대로 살피고 싶다면 남포동 역 7번 출구로 나와 '중구로'로 곧바로 직진하는 게 좋다. 젊은이들이 즐겨 찾는 '갓파스시'를 지나 조금 가다 보면 '광복로'와 만나는 사거리길이 나온다. 여기서 일단 스톱! 멈춰 서서 주위를 한번 돌아보라. 눈썰미가 있다면 금세 알아차릴 것이다. 국제시장을 에워싼 도로가 전부 직선이라는 사실을. 뿐만 아니라 시장 주위를 둘러싼 연결도로를 기점으로 격자무늬 모양새를 갖추고 있음도. 그러니까 국제시장은 바둑판처럼 잘 정돈된 인위적 공간 형태를 갖추고 있는 셈이다. 왜 국제시장은 재래시장이면서도 이렇게 잘 구획된 공간을 갖게 된 것일까. 이유는 간단하다. 원래 이곳을 개발할 때부터 철저한 계획을 바탕으로 만들어졌으니까.

국제시장 일대를 처음 개발한 이는 일본인들이다. 혹여 왜관이란 말을 들어봤을 것이다. 이곳 일대가 바로 조선과 일본의 외교와 무역에 종사하던 초량왜관이 있던 곳이다. 메이지유신에 성공한 일본은, 조선의 국력이 약해진 틈을 타 고종을 압박한다. 그리하여 병자 수호 조규(丙子修護條規)와 부록(附錄), 즉 부산구 조계 조약(釜山口租界條約)을 맺게 되고 본격적으로 이곳을 일본 전관 거류지(日本專管居留地)로 개발한다. 그리하여 이곳은 조선 속의 일본이 되었고, 근대문화와 문물이 유입된 신문화의 중심지가 된 것이다. 이후 일본은 우리나라를 강점하고 이곳 일대를 행정 · 경제 · 물류의 중심으로 삼아 식민 야욕을 드러낸다. 그 결과로 시명까지 부산(釜山)으로 바꾸고 이곳 일대를 중앙이라는 의미로 중구(中區)로 명명하게 된 것이다. 위치상 이곳이 중앙이 아님에도 중구가 되고 동래시가 아닌 부산시가 된 이유가 여기에 있다.

자, 그럼 다시 출발하자. 중구로를 기준으로 왼쪽에 위치한 것이 부평시장과 깡통시장, 오른쪽이 국제시장이다. 하지만 일반적으로 국제시장이라고 하면 부평시장과 깡통시장, 그리고 신창상가, 창선상가를 통틀어 일컫는다는 점을 명심하자. 그렇다면 여기서 팁 하나. 왜 광복로란 지명이 붙었는지 공부하고 가

자. 사연은 이렇다. 일제강점기에만 하더라도 인근 용두산에 일본 신사가 있었다. 신사는 일본인들이 일본과 조선을 오가는 선박의 무사 항해를 빌기 위해 세웠던 것. 그러니까 광복로는 이곳에 거주하던 일본인들이 신사로 향하던 진입로였던 셈. 일본인들은 이를 '장수통'이라 불렀는데 광복이 되자 '광복로'라 고쳐 부르게 된 것이다. 광복로는 애당초 차량 통행이 목적이 아니었으므로 도로 폭이 좁을 수밖에. 하지만 최근 들어 보행자를 우선해서 도로를 걷기 편하도록 다듬고 곳곳에 각종 조각품을 전시해두었다. 게다가 관광객을 위해 시장 안내판도 세워놓았으니 맘에 드는 곳으로 진입하면 '땡'이다. 하지만 제대로 된 국제시장을 구경하려면 우선 중구로를 따라 부평시장부터 살펴보는 것이 좋겠다.

　앞서 언급했듯이 이곳 일대에 5,000여 명의 일본인들이 모여 살기 시작하자 자연스레 먹거리의 문제도 해결해야 할 고민거리 중의 하나가 되었다. 하여 일본인들은 인위적으로 시장 하나를 조성하게 된다. 그

것이 바로 일한공동시장이며, 지금의 부평시장의 전신이다. 그러니까 국제시장의 기원은 이곳 부평시장에서부터 출발하는 셈이다. 아직 부평시장 곳곳에 일본인들이 세운 일본식 건물이 제법 남아 있다. 그러니 골목을 거닐면서 건물의 모양새를 살피는 것도 의외의 볼거리다. 게다가 부평시장의 즐거움을 제대로 만끽하려면 밤이 좋다. 야시장이 서는 밤에 오면 국내뿐만 아니라 외국의 먹거리까지 맘껏 맛보고 갈 수 있으니까.

이제 부평시장을 벗어나 깡통시장으로 가보자. 깡통시장은 엄격히 말해서 부평시장의 한 골목에 불과했다. 그런 골목이 버젓이 시장의 이름을 갖게 된 것. 그렇다면 시장 이름이 왜 깡통이냐고? 깡통이라는 묘한 이름이 붙은 것은 6·25전쟁 때문이다. 전쟁으로 피란민이 모여들자 중구로 일대에는 거대한 난전이 펼쳐진다. 그러자 상인들 중에는 전쟁물자 같은 것을 몰래 빼와 숨겨놓고 파는 전문꾼이 생겨난다. 전쟁 당시만 하더라도 미군 통조림에 과자, 초콜릿,

피복 등을 판매하는 것은 엄연한 불법이었다. 그럼에도 그들이 위험을 감수하고 군수품을 판 것은 목돈을 쥘 수 있기 때문이었다. 그들은 물건을 부평시장 건물에 숨겨놓고 암거래를 했다. 그때 가장 대표적인 거래물건이 통조림, 즉 깡통이었다. 통조림은 냉장고가 없던 시절에 오래 두고 먹을 수 있으니 더없이 좋은 물건이었던 것이다. 그리하여 부평시장 속에 또하나의 시장인 깡통시장이 생겨난 것이다. 참고로, 이곳이 부평시장보다 더 유명해 지금은 아예 시장 명칭도 모두 부평깡통시장으로 묶어 표기해놓았음도 잊지 마시라.

사실, 우리 민족이 해방을 맞이했을 때만 해도 이곳 국제시장 일대에 중국이나 일본에서 귀국한 귀환동포들이 모여들긴 했지만 그 수는 제한적이었다. 그런데 6·25전쟁이 일어나자 피란민들이 대대적으로 부산으로 몰려와 두 배로 늘어난다. 그들은 먹고살기 위해 챙겨온 보따리를 들고 시장으로 나선다. 국제시장이 한때 '도떼기시장'이라 불리게 된 건 이 때문이

다. 보따리 통째로 사고판다고 일본어 '돗따이(取る)'에서 유래된 것이다. 전쟁이 지속될수록 시장은 넓어져 광복로와 중구로를 넘어서까지 확산된다. 그리하여 지금과 같은 어마어마한 규모의 시장이 형성된 것이다.

그럼 왜 시장 이름을 국제시장이라 붙였을까. 원래는 해방 후 해외 귀환동포가 모여 도떼기시장이 생기자 본격적으로 상가를 신축, 시장 명칭도 '자유시장'이라고 붙였다. 그랬는데 미군 원조물자, 구호품, 군용품이 쏟아져 들어오자 자유시장을 미제 상품을 파는 곳이라 해서 일명 '양키시장'으로 부르기도 했다. 그러던 것이 언젠가부터 자유라는 이름이 사라지고 서서히 '국제'라는 이름이 두루 통용되다가 지금에 이르렀던 것이다.

깡통시장 건너편 중구로를 따라 사열하듯이 서 있는 건물이 바로 신창상가다. 신창상가는 1948년 목조건물로 12동이 들어서면서 새로운 상권으로 부상

했다. 당시만 하더라도 이곳의 상가 하나를 갖고 있어도 대단한 부자 소리를 들을 정도였다. 그러니 돈 없는 사람은 엄두도 못 낼 정도로 어마어마하게 비쌌다. 1공구에서 6공구까지 신창상가가 건설되자 상권의 중심은 당연히 이곳으로 이동한다. 한데 자세히 보면 공구별로 상가건물의 높이가 다르다. 이유는 목조상가에 불이 나 콘크리트 구조물로 재건립되면서 제각각의 높이를 갖게 된 것이다. 현재 신창상가 1공구에서는 가방, 문구, 공예품 중심으로 가게가 들어서 있고, 2공구는 주방기구, 철기, 안경점 등이, 3공구는 침구류, 양품점이, 4공구는 포목, 주단, 양단, 주방기구 전문 점포, 5, 6공구는 가전제품, 기계공구, 포목점을 중심으로 입점해 있다. 그러니까 이곳은 문방구, 주방기구, 기계공구, 의류, 전기전자류 등이 주종을 이루는 도소매업 시장으로 약 650개 업체에 1,489칸의 점포가 있으며 종사하는 종업원 수는 약 1,200~1,300명에 이른다. 서울의 남대문 시장과 비슷한 분위기지만 다른 재래시장과는 다르게 골목과 가게들이 바둑판처럼 잘 구획되어 있다는 것이 그 특징이다. 이 상가는 인접한 창선상가와 나란히 연결된다. 그러니 신창동과 창선동이 합쳐져 하나의 거대한 시장을 형성하고 있는 셈이다.

자, 그럼 슬슬 노천백화점, 국제시장 안으로 들어서볼까. 이왕이면 이번에 천만 관객을 불러 모은 영화 〈국제시장〉의 '꽃분이네'부터 구경하자. 꽃분이네 가게는 3, 4공구의 입구로 들어서야 한다. 그 입구만 찾는다면 더 이상 발품 팔 필요가 없다. 바로 초입에 '꽃분이네' 가게가 서 있으니까. 거기 서서 영화 속 '영자'가 남편 '덕수'를 기다리며 구제품을 팔다가 싸움까지 하던 장면을 떠올려보라. 당시의 우리 부모의 신산한 삶이 다시 떠오를 것이다. 꽃분이네를 구경했다면 이제 본격적인 골목투어를 시작해보자. 골목투어를 하려면 계획적으로 움직여야 한다. 그렇지 않으면 미로 속에 갇힐 수 있다. 그러니 일단 광복로로 다시 돌아가는 게 좋다. 광복로에는 이곳을 처음 찾는 사람을 위해 미술의 거리, 조명의 거리, 만물의 거리, 아리랑거리, 젊음의 거리 간판이 광복중앙로까지 걸

려 있어 헷갈리지 않으니까.

이왕 이동할 거, 중구로 지하쇼핑센터로 내려가보자. 여기가 바로 '미술의 거리'로 각종 생활 공예품과 아트공방이 자리 잡고 있는 곳이다. 전국 최초의 미술공간으로 지역 내 예술가들을 대거 입점시켜 부산시가 특화시킨 곳이다. 금요일에는 다양한 예술작품을 전시·판매하면서 관람객과 작가들이 한데 어울려 관련 체험 활동을 즐기는 예술장터인 '아트마켓'이 열리기도 한다. 이곳을 찾으려면 가급적 금요일이 좋다. 그날만큼은 자신의 손으로 직접 도자기를 만들어볼 소중한 기회를 얻을 수도 있으니까.

지하쇼핑센터를 나오면 도로를 따라 25여 개의 문구점이 도열해 있다. 이곳을 일명 '문구거리'라고 부르기도 한다. 이곳에 입점한 문구점들은 다른 시장의 문구점과 달리 공장직거래를 통해 유통단계를 축소함으로써 도매가격으로 판매하고 있다. 그러니 주저 말고 선물을 구입하는 용기를 발휘하시라. 학용품과 사무용품 등 문구가 필요 없는 사람은 없으니까. 싸게 사서 갑절로 고마움을 돌려받을 수 있는 것이 바로 이곳의 매력이다.

4층 건물인 창선상가를 끼고 광복로로 진입하면 처음 만나는 골목이 '만물의 거리'다. 만물이라는 이름에 걸맞게 이 거리에는 넘쳐나는 갖가지 물건들의 전시장이 따로 없다. 전자제품부터 음향기기, 의류, 귀금속까지 정말 없는 게 없을 정도다. 혹시 친구에게 선물하고픈 싸고 실용적인 선물이나 기념품을 원하면 무조건 들어서시라. 대신 가격이 비싼 것이 많으므로 '지름신'이 강림하지 않도록 유념할 것!

만물의 거리를 지나면 현란한 조명과 네온사인이 반짝이는 거리가 나온다. 이곳이 바로 '조명의 거리'다. 대낮에 방문해도 색색의 조명 불빛을 맘껏 구경할 수 있는 빛의 골목. 여기에는 실내·외에 쓰이는 조명 기구와 업소용 조명 기구 등 모든 조명에 관련된 것들이 망라되어 있다. 문제는 이 골목에 들어서면 현실을 잠시 잊을 수 있다는 것. 그러니 가급적 밤에는 출입을 자제하는 것이 신상에 좋을 수 있다.

'아리랑거리'는 속칭 '창선동 먹자골목'으로 불리기도 한다. 부산의 맛을 저렴하면서도 다양하게 맛볼 양이면 먼저 이 거리부터 방문하는 것도 괜찮다. 아니, 국제시장을 구경하려면 웬만한 발품을 팔아야 하므로 여기서 허기를 해결하는 것도 필수! 말 그대로 이곳은 부산 아지매들의 손맛이 이어져오는 음식들만 모여 있다. 새콤한 오징어무침, 비빔당면, 충무김밥, 떡볶이, 순대, 국수, 어묵, 여기에 여름철이면 콩국과 팥빙수까지. 문제는 의자가 작고 터가 좁아 서로 어깨를 붙이고 먹어야 하는 수고로움은 감수해야 한다는 것. 하지만 그것도 국제시장에서만 만끽할 수 있는 것이니 기꺼이 수고로움을 택하라고 권하고 싶다.

아리랑거리를 지나면 바로 '젊음의 거리'이다. 이곳은 말 그대로 젊은이들의 기호에 맞는 모든 제품을 취급하는 상점들이 도열해 있다. 여성의류, 속옷, 신발, 모자와 가방 같은 패션 소품, 깜찍한 색상과 디자인의 시계, 카메라, 소형 전자제품, 반짝이는 금, 은과 같은 보석류, 갖가지 액세서리, 심지어 구제 의류까지! 젊은이들이 호기심을 갖고 손을 내밀 수 있는 것은 '싸악' 다 모아놓은 거리이다. 그러니 젊은 아가씨들이 운집해 북적일 수밖에 없는 곳이다. 이렇게 몰려든 아가씨들 탓일까. 상권의 중심이 광복중앙로 쪽으로 천천히 이동하는 추세라고 한다.

젊음의 거리를 지나 광복중앙로와 합류하는 지점 가운데에 청동 조각탑이 하나 서 있다. 이것은 새천년을 맞아 세계로 뻗어가는 항구도시 부산의 이미지를 갈매기와 함께하는 모습으로 표현한 '새천년기념탑'이다. 이 조각품이 선 거리에는 미화당이라는 백화점이 서 있었다. 미화당은 장한찬이라는 사람이 1949년에 설립했는데 당시로는 부산에서 제일 높은 건물이었을 뿐만 아니라 별관까지 준공하면서 용두산공원과 직접 연결하여 부산의 명물로 인기가 높았다.

하지만 세월의 흐름을 이기지 못하고 이젠 ABC마트로 겨우 명맥을 유지할 뿐이다. 미화당 뒤편에는 고갈비로 유명한 일명 고갈비골목이다. 이 골목을 지나 대청로까지 '쭈욱' 걸어가면 부산의 근대사를 잘 보여주는 근대박물관이 나온다. 그곳에 가면 국제시장이 왜 노천박물관인지를 잘 알게 될 것이다.

자, 어떤가. 아직 국제시장이 일개 대형시장으로만 보이는가. 여러분이 밟고 있는 이 거리, 골목 하나하나가 근현대사의 생생한 현장임이 이제야 실감나는가. 국제시장은 노천백화점을 넘어 노천박물관임을 깨달았다면 여러분은 국제시장을 제대로 만끽한 쇼핑객이다. 그러니 이제부터 여러분 스스로 시장 곳곳을 누비면서 물건뿐만 아니라 역사까지 보따리에 듬뿍 담아 가시라.

어느 하루의

비망록

-동래향교를 찾아서

명륜당의 단청은 연륜을 암시하듯
빛이 바랠 대로 다 바랬다.
그래서 더 유원한 깊이가 느껴지는 것일까.

무덥다. 얼굴에서 땀방울이 실개천을 이루어 그냥 줄줄 흘러내린다. 오월 중순인데 날씨는 벌써 한여름 강더위를 연상시킬 정도다. 떠그럴, 지구가 오염 덩어리로 변해가니 계절까지 멸종 중인가. 이런 날씨에 하필 이곳을 답사하다니. 날을 잡아도 더럽게 잘못 잡았다 싶다. 포장도로를 걷는데 거친 숨이 입에서 푹푹, 터져 나온다. 이러다간 향교도 둘러보지 못하고 쓰러져 비명횡사하는 건 아닌지 모르겠다.

그때 주머니 속의 휴대폰이 몸을 떤다. 빨리 잡아채지 않으면 풍뎅이처럼 날아버릴 것같이 맹렬하게. 액정 화면을 살피니 딸내미다. 아빠, 지금 어디야? 통화 버튼을 누르기가 무섭게 다짜고짜 딸내미의 목소리가 터져 나온다. 미간이 절로 구겨진다. 요즘 애들은 왜 이런 걸까. 대학생이 되었는데도 버릇없는 건 어릴 때나 마찬가지다. 왜 무슨 일 있어? 아빠, 혹시 내 방에 머리핀 못 봤어? 머리핀이라니. 고작 그것 하나 때문에 불쑥 전화를 했단 말인가. 어이가 없어 쓴웃음이 터진다. 그런 걸 아빠한테 물으면 어떡해? 친구 만

나러 나가야 되는데 못 찾겠단 말이야. 나 참 미치겠
다. 아빠가 제 물건을 훔친 것도 아니고 이게 무슨 경
우람. 그럼 엄마한테 물어보든지 해야지. 엄마 지금
집에 없으니까 전화한 거잖아! 엄마는 어디 가셨는
데? 그걸 내가 어떻게 알아? 정말 가관이다. 자식이
무슨 큰 벼슬이라도 되는 양 되레 신경질이다. 식구
들 먹여 살리느라 부부간에 겹벌이로 부지런히 일한
것밖에 없는데 돌아오는 것이라고는 고작 이런 일로
신경만 곤두세우다니. 버릇없는 딸내미 때문에 한숨
이 터진다. 동래향교에서 인성프로그램을 개발해 교
육 중이라니 거기라도 확 입교를 시켜버릴까.

향교는, 조선을 건국한 태조 이성계가 건국 이념인
유학을 널리 전파하기 위해 지방에 설립한 중등교육
기관이다. 말하자면 서원이 사립 중등학교라면 향교
는 국립 중등학교라고나 할까. 하지만 향교에서는 학
생들의 교육뿐만 아니라 각종 제사 거행과 향촌의 교
화까지도 맡았다. 학생들을 가르치는 교실에 해당하
는 명륜당 외에 공자(孔子)의 위패를 모신 대성전이

있는 이유도 여기에 있다. 동래향교는 다른 지역과 비교했을 때 건물 배치상 차이를 보인다. 경사진 언덕배기에 위치해 대성전과 명륜당의 위치가 다른 전학후묘(前學後廟)의 구조인 것이다. 공자는 위대하고 우러러 받들어야 하는 분이므로 높은 지역인 명륜당 뒤편에 대성전을 세운 것이다. 이런 관습은 현대에도 남아 있다. 대표적인 곳이 국회의사당 좌석 배치다. 국회의사당은 의장석을 중심으로 뒤쪽이 점점 높다. 그러므로 다선 의원이 뒤쪽의 자리를 차지하고 앉아 있는 것이다. 이처럼 향교는 공자의 위패를 모신 곳이기도 하므로 예를 갖추는 것은 필수. 하마석 앞에서는 말을 탄 선비들도 말에서 내려야 한다. 그런 다음 조금 걸어오면 배례석이 나타난다. 대성전을 향해 큰절을 하는 곳이다. 관례에 따라 나도 배례석 앞에서 예를 갖춘다.

향교 내부로 들어서려면 반드시 반화루(攀化樓)를 통과해야 한다. 그러니 반화루는 일종의 교문인 셈이다. 반화루 우측에 별도로 나 있는 출입문은 대성전에서 석전대제를 치를 때에만 사용한다. 동래구청 홈페이지에 의하면, 반화루는 동래향교 정면에 위치하는 남루(南樓)로, 동래향교 경내의 문 가운데 건축적으로 가장 위계가 높은 누문(樓門)이다. 1788년 동래부사 이경일이 남루를 중건하여 반화루라 하였고, 그 후 1813년 부사 홍수만이 동래향교를 지금의 위치로 옮기고 반화루 또한 새로 건립하였다고 한다. 반화루란 이름은 반화부봉(攀龍附鳳)이란 성어에서 따왔다. '용을 다잡고 봉황에 붙는다'는 말로 이는 곧 '용과 봉황과 같은 훌륭한 성인을 따라서 덕을 이룬다'는 뜻이다.

반화루에서 가장 인상적인 부분이 건물을 받치고 있는 기둥들이다. 기둥은 모두 돌기둥과 나무기둥을 합쳐 세웠다. 주춧돌 기능에 기둥의 역할까지 맡은 돌기둥. 여기에 선조들의 지혜가 나타난다. 오랜 세월이 흐르는 동안 비바람에 나무기둥은 부패할 수밖에 없었을 것이다. 그러니 썩지 않는 자재인 돌로 기둥을 만들어 세웠을 것이다. 반화루는 출입문이 두 곳

이다. 우입좌출(右入左出)이라 했으니 오른쪽 문으로 들어서는 게 예의다. 들어서다가 어이쿠, 소리가 입에서 절로 터진다. 눈앞에 튀어나온 웬 꼬마 때문이다. 노란 유치원 교복을 입은 사내아이. 그런데 명륜당 건물 앞의 뜰에도 같은 교복을 입은 노란 아이들이 지천이다. 근처 유치원에서 이곳에 현장체험학습이라도 나온 모양이다. 교육이 끝나고 잠시 쉬는 시간인지 곳곳에 삼삼오오 모여서 흙장난과 숨바꼭질에 여념이 없다. 마치 그런 아이들이 향교 뜨락을 날아다니는 노란 나비 떼 같다.

반화루 주변에는 아이들이 제법 몰려 있다. 어떤 아이는 건물 기둥을 끌어안기도 하고, 또 어떤 아이는 문고리를 잡아당겨 보기도 하고, 누각 위로 오르는 아이들도 서넛 보인다. 아이들의 손으로 직접 만지고 느끼는 경험이야말로 살아 있는 교육이 아니던가. 나는 아이들을 피해 반화루 이곳저곳을 살핀다. 안쪽은 바깥쪽보다 돌기둥이 낮다는 게 눈에 띈다. 젖꼭지! 이게 뭔 소린가 싶어 소리 나는 쪽으로 고개를 돌렸다. 웬 꼬마아이가 문에 달린 장식물을 매만지고 있다. 곁에 있던 아이가 외쳤다. 여기도 젖꼭지. 어, 또 젖꼭지! 그러고 보니 문의 쇠 장식물이 젖꽃판과 동그란 젖꼭지처럼 보이기도 한다. 아직 젖을 뗀 지 얼마 되지 않았을 테니 자연스레 엄마의 젖이 생각났을 것이다. 꼬마 녀석의 엉뚱한 말 한마디에 저절로 웃음이 터진다. 그리고 나도 모르게 지난날의 추억 하나를 떠올리고 만다.

수업 중에 있었던 일이다. 그때도 지금처럼 무더위가 작렬하는 날이었을 것이다. 안 그래도 수업하기 싫어 아이들이 도지개를 트는 중이었는데 하필 선생이란 작자가 태국의 '쏭끄란 축제'에 방금 다녀온 사람 꼴로 교실에 들어왔으니 잘됐다 싶었을 것이다. 선생님! 오늘 너무 야한 것 아니에요? 평소에도 장난이 심한 녀석이었다. 야하다니, 뭐가? 속옷의 거시기까지 다 보여요. 녀석은 부러 눈을 까뒤집고 쓰러지는 흉내까지 했다. 그것을 본 아이들은 일제히 웃음보를 터뜨렸다. 날씨가 더워지면 옷이 얇아지는 건 당연지사. 그러니 땀에 젖은 조끼 러닝 속의 젖꼭지야 뻔할 터였다. 한데 늙어빠진 남정네의 젖꼭지가 뭐 그리 대단한 물건이라고 이리 난리법석이더란 말인가. 설마 남자 젖꼭지에서는 땀 나오는 걸로 알고 있는 건 아니겠지. 그때 누군가가 작은 소리로 말했다. 흑두라는 말이 내 귀에도 분명히 들렸다. 아이들이 책상까지 치며 난리법석이었다. 아이들의 놀림감이 되었다는 생각에 마음이 살짝 뒤틀렸다. 자자, 지금 쉽게 살면 나중에 아쉽게 살아요. 책들 펴세요! 달뜬 분위기는 가라앉지 않았다. 아냐, 자세히 봐. 홍두 같은데? 또 깔깔깔. 이것들이 오늘따라 왜 이러나. 앞 시간에 수유에 대해 공부라도 했나. 칠판 옆에 붙은 시간표를 확인했다. 역시 짐작대로였다. 이럴 땐 아무리 큰소리를 치며 정색을 해도 수습불가. 청두며 황두가 나오기 전에 적당히 비수 같은 홈런성 멘트를 날려 상황을 진압할 수밖에. 자, 분명히 들으세요. 선생님은. 여기까지 말하자 아이들이 웃음을 참은 채 일제히 나를 쳐다보았다. 호기심 어린 저 순수한 눈빛. 주위를 한번 쓰윽 둘러본 나는 천천히 말을 이었다.

흑두도 홍두도 아닌, 보랏빛이 은은히 풍기는 자둡니다! 오늘이 유일한 기회일 수 있으니 실컷 봐놓도록 하세요. 그런 다음 나는 어깨를 활짝 폈다. 가슴에 붙어 있는 젖꼭지가 교실 뒤쪽까지 튕겨 나갈 정도로. 아이들은 펄쩍펄쩍 뛰고 책상으로 쓰러지고 주체할 수 없는 흥분의 도가니탕이 되고 말았다. 그러니 그날 이후 '자두쌤'이란 닉네임이 붙을 수밖에.

반화루 오른쪽 담벼락을 따라 흥학비(興學碑)가 서 있다. 도합 10개의 비. 한데 비석의 크기와 재질도 다양하다. 화강암이 대부분이지만 검은색 석질도 있다. 문화해설사의 말에 의하면 이 같은 이유는 당시의 시대상황과 관련 있을 거란다. 하긴 그럴 수도 있겠다. 어느 시대건 유행이라는 게 있으니까. 흥학비 중에서 가장 규모와 위엄이 돋보이는 비석은 개석(蓋石)까지 얹은 놈이다. 비신(碑身)을 자세히 보니 흥학비가 아닌 불망비(不忘碑)다. 부사 황일하의 영세불망비. 그런데 이것이 왜 여기 서 있는 것일까. 이 양반이야말로 동래부사 시절, 향교 발전에 크나큰 공을 세운 분이라 그런 것일까. 그렇지 않고서야 이곳에 세워져 있을 리 만무하지 않은가. 하지만 이런 이유도 단지 추정일 뿐 정확히 아는 이는 없다니 애석할 수밖에.

비석들을 뒤로하고 뜰을 가로질러 오르면 향교의 건물 중 보석 같은 존재인 명륜당이 걸음을 막는다. 우리나라에는 유독 명륜동이라는 지명이 많다. 그것은 태조가 지방마다 세운 향교가 있던 자리에서 유래한다. 경국대전에 의하면 태조는 부, 목, 군, 현에 향교를 각각 하나씩 설치하고, 학생 수도 부와 목은 90명, 군은 50명, 현은 30명으로 지정했다. 명륜당의 단청은 연륜을 암시하듯 빛이 바랠 대로 다 바랬다. 그래서 더 유원한 깊이가 느껴지는 것일까. 널찍한 대청마루 앞에 선다. 이곳이 70여 명의 학생들을 모아놓고 강학하던 자리다. 학생들은 이곳에서 유교의 경전과 성리학 서적, 그리고 역사와 문학, 간간이 역법, 산술, 의술 같은 실용적 지식도 습득했다. 수업 방식은 암기식 위주였지만 때에 따라서는 선생님과 일대일 문답식 수업을 받기도 했단다.

강학하는 마루 양측에는 두 개의 방이 위치해 있다. 이곳이 전교와 훈도가 기숙하던 방이다. 전교는 지금으로 치자면 교장, 훈도는 선생님이다. 향교의 선생님은 조정에서 문과 시험에 합격한 사람들에게 교수관(敎授官)이라는 호칭을 주고 지방 각지의 교사로 파견한 것이다. 교수관은 교수(敎授)와 훈도(訓導)로 구분된다. 교수는 6품 이상의 직급으로 큰 지방의 향교에 부임했고, 훈도는 7품 이하의 직급으로 군이나 현처럼 작은 지방의 향교에 부임했다.

변박이 그렸다는 임란 당시의 〈동래부순절도〉가 떠오른다. 동래읍성 객사 뒤편의 정원루(靖遠樓) 앞에 서 있던 세 사람. 그들은 이곳 동래향교의 교수 노개방(盧蓋邦)과 향교의 학생이었던 문덕겸(文德謙)과 양조한(梁潮漢)이다. 동래교수 노개방은 명종 18년(1563)에 나서 26세에 문과에 급제하고, 동래교수로 부임하였다. 남문비기(南門碑記)*에서도 노 교수는 임

* 송시열이 찬한 사적비로 지금은 부산박물관에 이관 보존 중

란 직전에 어머니를 뵈러 밀양에 가 있었는데 난이 일어나 동래성이 포위되었다는 말을 듣고 급히 돌아왔다고 했다. 아마 이 기록은 사실일 확률이 높다. 당시 매달 8일과 23일은 학생들을 집으로 보내는 일종의 방학이었으므로 노 교수도 잠시 본가에 다니러 갔을 수 있으니까. 아무튼 노 교수가 돌아왔을 때에는 그의 밑에서 공부하던 제생 문덕겸과 양조한이 대성전에 모시고 있던 여러 유학자의 위패들을 조심스레 땅에 묻고 공자의 위패만을 모시고 동래읍성의 정원루에 안치시킨 다음이었다. 노 교수는 선성(先聖)의 위패를 성중의 정원루로 옮겼으므로 통곡하며 성문을 두드렸다. 성문이 열리매 곧장 위패 앞으로 나아가서 예를 올리고 위패를 모셔서 한 발짝도 옮기지 않았다. 세 사람은 성이 함락되던 그 순간까지 공자의 위패를 지키다가 끝내 그 자리에서 숨을 거두었다. 대의명분을 위해 자신의 목숨을 기꺼이 바친 사람들. 이들의 목숨이 어찌 가벼울 수 있을까.

　명륜당 양측에 쌍둥이 건물 두 채가 나란히 위치해

있다. 동쪽에 있는 것이 동재(東齋), 서쪽에 있는 건물이 서재(西齋)다. 지금으로 치자면 학생이 거처하던 기숙사인 셈. 향교에는 서당에서 공부를 마친 16세 이상의 학생들이 입학했다. 향교 학생 열 명의 추천을 받고 〈소학〉 시험을 치러 합격하면, 양반이든 평민이든 차별 없이 입학할 자격을 얻을 수 있었다. 향교의 학생이 되면 신분의 차별 없이 군역을 면제받는 특혜가 주어졌고, 과거 시험에 응시할 자격도 부여받았다. 그러니 지금처럼 조선시대에도 신분상승의 유일한 사다리가 되어준 것이 교육이었던 셈이다. 상황이 그렇다 보니 당연히 평민층의 관심이 높을 수밖에 없었다. 그렇다고 해서 이곳이 반상(班常)의 구분이 아예 없는 것은 아니었다. 그래서 동재에는 양반층의 자제들이, 서재에는 평민층의 자제들이 기거하게 되었던 것이다.

과거 시험도 마찬가지였다. 양반의 자제는 소과나 문과에 응시한 반면 평민의 자제는 주로 각종 잡과에 응시할 수 있는 제한을 두었다. 그래도 그게 어딘

가. 평민층은 자신의 자식을 공부시켜 과거라는 제도를 통해 신분을 세탁할 수 있으니 말이다. 비록 '홍패'가 아닌 '백패'라도 쥔다면 그게 입신출세가 아니고 무엇이겠는가. 청운의 꿈을 키우던 명륜당. 하지만 임란 후 조정의 재정 지원이 끊기고 향교 교육의 질마저 덩달아 저하되자 자연스레 부유한 양반집 자제들은 점차 이름 높은 선비가 운영하는 서원으로 쏠리고 만다. 그러면서 사교육에 밀려 공교육이 지금처럼 위기를 맞게 된 것이다.

건물 주위에 우뚝 솟은 은행나무들이 보인다. 대충 헤아려도 여섯 그루. 그중에는 수령 250년이 넘은 나무도 있다. 그런데 왜 하필 은행나무를 심은 것일까. 가을이면 고약한 열매 냄새 때문에 괴로울 텐데. 해설사의 말에 따르면 공자가 제자들을 은행나무 아래서 가르쳐서란다. 그러니까 은행나무는 공자의 가르침을 의미한다고나 할까. "가지를 잘 쳐주고 받침대로 받쳐 준 나무는 곧게 잘 자라지만, 내버려둔 나무는 아무렇게나 자란다. 사람도 이와 마찬가지여서 남이 자신의 잘못을 지적해주는 말을 잘 듣고 고치는 사람은 그만큼 발전한다." 공자의 말처럼, 은행나무들은 위로 쭉쭉 뻗어 그 기상이 대단하다. 한데 자세히 보니 수나무만 보이고 암나무는 한 그루도 보이지 않는다. 이곳에서 열심히 공부하여 풍성한 결실을 얻으라는 의미까지 내포하려 했다면 암나무 한 그루 정도는 심겨 있어야 하는 게 아닌가. 그렇다면 이곳이야말로 남성들의 영역임을 보여주고자 한 것일까. 괜히 쓸데없는 상상만 부풀리다가 다시 무릎을 일으켜 세운다.

두개골 함몰이라는 치명적인 사고의 흔적을 가진 소설가가 있다. 그는 어렸을 적 뜻하지 않은 교통사고를 당했다. 이후 두개골이 골짜기처럼 움푹 파였다. 그럼에도 불구하고 그 소설가는 머리 위에 깊은 골짜기 하나를 얹고 다닌다고 흰소리 칠 정도로 낙천적이다. 그에게 주어진 삶은 덤이나 마찬가지라면서. 하긴 죽지 않고 살아남았으니 생은 얼마나 값지고 귀한 것인가. 해서 그는 이후 낭만주의자가 되었고 '인생도 즐겁게'라는 슬로건을 걸고 하루하루를 살아가고 있다.

공자도 두개골 함몰의 소유자다. 이 때문에 어릴 때 이름도 구(丘)였다. 차이가 있다면 공자는 선천적으로 기형을 갖고 태어났다는 것이다. 그래서 그럴까. 공자는 현실을 보는 안목이 철저히 비판적이었다. 현실이 정상적이지 않은 시대. 도대체 그 이유가 무엇인지 궁금했던 그는 공부에 천착했다. 그리고 원인 규명을 위한 모델을 찾아내기에 이르렀다. 그게 바로 주나라였다. 주나라는 왜 혼란에 빠진 것일까. 제후들은 같은 피를 나눈 형제와 친인척이 아니던가. 그럼에도 반목과 갈등에 휩싸인 이유는 무엇일까. 그리하여 공자는 반목과 갈등을 해소할 수 있는 방안까지 생각하기에 이르렀다. 이것만 해소된다면 나라의 안정과 발전을 꾀할 수 있으니까. 그리하여 공자는, 나라의 기초는 가정이라는 생각에 효를 먼저 떠올렸고, 이 효를 충과 연결시켜 정명론(定命論)을 펼치기에 이르렀던 것이다.

보통 말하는 정명론은 특히 인륜상(人倫上)의 이름, 즉 명분을 바로 세우려는 주장이다. 공자의 『논어』에는 "반드시 명분을 바로 세워야 한다. 명분이 바로 서지 못하면, 말이 올바르지 못하고, 말이 올바르지 못하면 일이 성사되지 않는다. 임금은 임금다워야 하고, 신하는 신하다워야 하며, 아비는 아비다워야 하고, 자식은 자식다워야 한다"고 했다.

공자는 출신 성분, 사회적 지위를 상관하지 않고 제자들을 받아들였다. 이는 유교무류(有敎無類), 즉 '가르침에는 차별이 없다, 배우고자 하는 이에게는 누구에게나 배움의 문을 열어주어야 한다'는 생각 때문이었다. 오늘날 당연해 보이는 이 생각은 당시의 공자에게는 매우 혁신적이었다. 공자의 교육 목표는 군자(君子), 즉 정치를 맡아 다스리는 사람을 육성하는 것이었는데, 정치를 맡아 다스리는 일은 전통적인 신분 질서에 따라 귀족들이 세습했다. 그러나 공자는 타고난 신분이 아니라 갈고 닦은 능력과 덕성이 중요하다고 보았던 것이다. 여기에서 혁신가로서의 공자의 면모를 발견할 수 있다.

대성전으로 향한다. 대성전은 향교 건물 중 가장 신성하고 경건한 장소다. 이곳은 공자를 위시하여 중국 및 우리나라 유학자들의 위패를 모시고 있으니까. 대성전 앞에도 역시 두 개의 문이 있다. 오른쪽 문으로 들어서자 우람한 대성전이 나타난다. 이곳에서는 중국의 제례 양식에 따라 봄과 가을에 두 번의 제향이 거행된다. 아하, 그러고 보니 명륜당 정면 벽면에 붙어 있던 명단이 생각난다. 그게 바로 다가올 석전대제를 준비할 분들이었구나. 대성전도 명륜당처럼 좌우에 각각 한 동의 건물이 위치해 있다. 이 건물이 바로 동무와 서무다. 동무는 우리나라 유학자 안향을 위시해 18위를 모신 곳이고, 서무는 중국 유학자의 위패 7분을 모신 곳이다.

조심스레 대성전 뒤쪽으로 간다. 뒤란 언덕배기에는 시누대며 각종 나무들이 숲을 이루고 있다. 그중 대성전 건물 양쪽으로 제법 수령이 오래된 옻나무가 위치해 있다. 부러 심어놓은 듯하다. 그렇다면 왜 하필 그 많은 나무들 중에서 옻나무를 심은 것일까. 감히 접근 하지 말라는 뜻인가. 아니면 옻이 옮듯이 공자의 가르 침을 입으라는 뜻인가. 문화해설사도 이 부분에서는 고개를 갸웃거린다. 나중에 확인해보겠단다.

향교가 교육적 기능을 상실한 것은 근대 교육제도 를 도입한 갑오개혁(1894년 고종 31년) 이후부터다. 정 부는 국민에게 애국심을 일깨우고 신학문과 신기술 을 가르치기 위해 근대학교를 설립하기로 하였다. 그 리하여 우리나라 최초의 근대적 사립학교인 원산학 사와 관립학교인 육영공원이 세워졌다. 뿐만 아니라 정부는 소학교와 중학교를 비롯한 각종 관립학교를 세워 인재 양성에도 힘을 기울였다. 교육의 중요성이 높아지자 전국 각지에서 많은 애국지사와 애국단체 가 사립학교를 세워 민족교육운동에 박차를 가했고 여성들까지 신학문을 배우기 위해 찾아들었다. 근대 학교에서는 유교 경전 대신 체조, 외국어, 과학 등 실 용적인 학문을 가르쳤다.

근대교육이 도입된 지 120여 년. 오늘날 교육은 다시 위기를 맞고 있다. 교육현장에서 교사가 학생에게 맞고, 친구가 친구를 샌드백처럼 두들겨 패고, 학부모가 학교에 몰려와 패악을 부리는 등 패륜적 행위들이 연일 매스컴을 통해 보도될 정도다. 뿐인가. 사회는 사회대로 혼탁해졌다. 늙은 부모는 더 이상 예를 다해야 하는 대상이 아닌 성가신 존재로 전락했으며 부부간에도 더 이상 유별(有別)이 없다. 인의예지(仁義禮智)보다는 돈만이 신처럼 떠받들어지는 세상. 그러니 다시 인간성 회복이 절실한 시대가 된 것이다. 이에 유림의 향교가 나섰다. 향교 옆에 새로 들어선 부산유도회회관에서는 교육청과 연계해 평생교육원을 설립, 각종 프로그램을 진행 중이다. 성인들을 대상으로 유교아카데미를, 청소년을 대상으로는 청소년 인성예절교실 수강생을 모집하고 있다고 한다.

향교 뜨락을 민들레 홀씨처럼 떠다니던 유치원 아이들이 보이지 않는다. 그새 교육을 마치고 떠났나.

향교는 다시 정적에 휩싸였다. 천천히 반화루로 향한다. 마침 명륜당 뜨락에 젊은 연인들이 서로 사진을 찍느라 부산하다. 그래도 다행이다. 젊은이들이 이곳을 잊지 않고 찾아주어서. 이런 곳에서 데이트를 하다 보면 뭔가 생각하는 것도 달라지겠지. 조만간 딸내미를 데리고 이곳에 와야겠다. 원한다면 평생교육원에 입교시켜서 제대로 된 인간을 만들어야겠다. 세상에 그깟 머리핀 하나로 사람 열을 채우다니. "집안에 예절이 있으므로 어른과 아이의 분별이 있고, 규문(閨門)에 예가 있으므로 삼족(三族)이 화목하다. 조정에 예가 있으므로 벼슬에 차례가 있고, 사냥에도 예가 있으므로 융사(戎士, 병사)가 숙련되고, 군대에 예가 있으므로 무공(武功)이 이루어진다." 공자의 말을 떠올리며 향교를 빠져나온다. 비켜 있던 햇볕이 일제히 몰려든다. 뜨겁다.

야구는
역시 여름밤이
제일이야

한 공간을 무대로 서로 관계를 맺는 것,
그것이 삶이고 거기에 시간의 물감이
보태지면 공간은 다시 장소로 변한다.

모처럼 야구 구경이나 갈까? 스포츠 면을 뒤적이다가 그만 뜬금없는 말이 터져 나오고 말았다. 발단은 롯데의 4연승 기사 때문이었다. 시즌을 시작할 때만해도 이대호의 복귀로 롯데팬은 '기대 만땅'이었지만 그런 관심은 이내 시들해져버리고 말았다. 상승세가 주춤하더니 시간이 흐를수록 예년의 '꼴데' 수준으로 전락해버린 것이다. 그런 롯데가 LG를 상대로 무박 2일의 경기를 승리로 이끌더니 홈으로 불러들인 NC다이노스까지 1차전을 0:9로 '개박살'을 내버린 것이다. 그런 터에 오늘의 선발 투수가 안경에이스 계보를 이어가는 '박세웅'이라니 5연승의 기적이 일어나지 말라는 법도 없잖은가. 해서 그냥 툭 던져본 말이었다. 그런데 마치 기다리고 있었다는 듯이 아내가 대꾸하는 거였다. 좋아, 모처럼 연애 기분 한번 내보지 뭐. 그럼, 조금 일찍 가서 사직동 중탕 떡볶이도 맛보는건 어때요? 이건 뭐 짜고 치는 고스톱도 아니고 곁에 있던 딸내미마저 맞장구를 치며 나섰다. 안 그래도 남자 친구와 헤어져 침대 위에서 뒹굴더니 음식으로 스트레스라도 풀 작정인가. 그렇다고 딸의 제의를 무시할 수도 없었다. 요즘이야 바야흐로 '먹방'의 전성 시대가 아닌가. 해서 오케이 사인을 냈고 우리 가족 셋은 예정에 없던 야구장 나들이에 나서게 되었다.

물론 그렇다고 가족끼리 손잡고 '하하호호' 하며 집을 나선 것은 아니다. 현관문을 열기 전, 몇 차례의 난타전이 펼쳐졌다. 첫 번째 난타전은 승용차를 이용 하느냐 지하철을 이용하느냐였다. 아내와 딸내미는 무더운 날씨를 빌미로 승용차 이용을 바랐지만 난 모 처럼 경기를 보면서 '치맥'이라도 즐기고 싶었으니 당 연히 지하철이었다. 한데 여자 둘이 좀체 양보의 기 미가 없었다. 결국 우리는 난상토론전을 벌였고 결국 갈 때는 지하철, 돌아올 때는 택시를 이용하기로 합 의하기에 이르렀다. 물론 이런 합의의 밑거름에는 지 하철 3호선이 우리 가족에게는 아직 미지의 노선이었 다는 점이 큰 몫을 차지했음을 부인할 순 없겠다. 어 쨌거나, 우리 가족, 남자 하나 여자 둘, 도합 셋은 우 여곡절 끝에 지하철에 몸을 실었다. 그리고 목적지 종합운동장역이 가까워져 오자 울리기 시작하는 따랑따랑, 거리는 소리에 엉덩이를 들었다. 그때 실내에 울리는 낯익은 목소리. 근데 이게 누구신가. 우리의 '국대' 강민호 포수 아닌가. 강민호 선수의 목소리를 듣자 스포츠 메카에 온 느낌이 확 든다. 그런 분위기는 대합실로 나서자 더 강하다. 빅토리움역이라는 별칭을 붙인 이유를 알 것 같다. 부산시 연고의 프로야구단인 롯데 자이언츠와 프로농구단 부산 KT 소닉붐의 공동마케팅의 일환으로 역의 대합실을 스포츠 테마존으로 리모델링했다. 대합실 기둥에는 롯데 선수들의 사진과 야구단 마스코트 등으로 꾸며놓았고, 벽에는 부산 KT 선수들의 사진과 롯데 자이언츠의 연혁과 구단의 활약 등을 설명한 글까지 붙어 있다. 분위기 정말 '업'된다.

멈칫거리던 발걸음이 9번 출구를 빠져나오자 더 빨라진다. 지상으로 나오자 갑자기 쏟아지는 투명한 햇빛과 파란 하늘. 이곳이 다른 어느 곳보다 밝고 환한 느낌이 드는 건 무슨 이유일까. 지금이 과연 장마철이 맞긴 맞나. 이런 날씨에 우천 취소를 걱정했었다니. 입에서 절로 휘파람이 터진다. 구글앱에 의하면, 9번 출구를 나와 종합운동장로로 따라가면 '여고로'와 만나게 된다. 근데 아빠, 근처에 여고라도 있어? 도로명이 왜 이래? 하긴 딸의 처지에서는 이상할 듯도 하다. 옛날부터 여기에 여고라는 자연부락이 있었대. 그래서 아직도 이곳에는 여고마을 사람들이 제를 지내던 당산과 사당도 있고. 그런데 난 왜 부산에 살면서도 여태 그걸 몰랐지? 알려고 하지 않았으니까. 그럼 아빠는 어떻게 알았어? 고향도 여기가 아니면서? 그거야 공부를 좀 하다가 보니까 알게 됐지. 딸내미는, 사직동이라는 명칭을 따온 사직단 표지석도 그곳에 함께 옮겨 세워놓았다는 나의 설명까지 듣고서야 내 지식을 인정해주었다.

그런데 아무리 걸어가도 이곳 일대에 즐비하던 자전거들이 한 대도 보이지 않는다. 넓은 도로와 공간은 주말이면 아이들과 연인들을 불러 모아 자전거에 몸을 싣게 하지 않았던가. 그 많던 자전거는 보이지 않고 자동차만 가득하다. 인근 지역이 아파트 단지로 개발되면서 자전거가 누비던 거리마저 자동차들이 잡아먹어버린 건가. 휴대폰 액정시계를 확인하니 역을 빠져나온 지도 벌써 20여 분. 여름 날씨에 이 정도면 이마에 땀 솟기에는 충분하다. 우리는 부러 그늘만 찾아가면서 걷는다. 걷다 보니 눈앞에 종합운동장 입구다.

입구로 들어서니 오른편에 사각형 유리 건물이 눈을 파고든다. 안내판에 의하면 이곳이 바로 테니스장. 테니스장은 사계절 내내 경기가 가능하도록 설계되었으며 불규칙 바운드를 없애기 위해 코트는 잔디가 아닌 부드러운 흙으로 깔아놓았다고 했다. 안을 기웃거리니 화려한 운동복을 입은 남녀들이 게임에 빠져 있다. 경기가 없을 때에는 클럽제로 시민들이 이용한다니 이곳 근처에 사는 사람들은 좋겠다.

테니스장 오른편에는 건물 벽에 커다란 글씨로 실내수영장이라 적혀 있다. 테니스장과 마찬가지로 이곳도 회원제로 운영 중이란다. 하지만 오늘은 전국체

육대회 부산예선 겸 제43회 부산광역시수영연맹 회장기수영대회가 열리고 있다. 실내에서는 한창 경기가 펼쳐지고 있는지 우흡, 우흡, 하는 소리가 울려 터진다. 선수의 호흡 조절을 주문하는 코치의 응원인가 보다. 간간이 안내방송도 울린다. 시간도 넉넉하니 수영대회 구경 좀 하다가 갈까? 그것도 나쁘지 않지. 아내와 함께 실내로 들어서니 시원하기는커녕 후텁지근하기만 하다. 이게 다 경기의 열정 탓인가. 차라리 조각광장이 낫겠어, 땀 식히기에는. 아내의 말에 나는 허겁지겁 수영장을 빠져나오고야 만다.

수영장 정문을 나서니 맞은편이 실내체육관이다. 물론 오른편에 보이는 게 롯데 자이언츠 프로야구 경기가 열리는 야구장이고. 이 네 개의 건물들 사이에 조각광장이 위치해 있다. 이곳에 조각광장이 조성된 것은 제14회 아시아경기대회를 기념하기 위해서다. 그리하여 여기에는 전국의 시와 도를 상징하는 수목들과 2002년 부산비엔날레 조각품 12점을 전시했다. 그중 가장 먼저 눈을 파고드는 작품이 김영원의 〈진행 2002-A〉. 부산시의 해설에 따르면, "인체를 단지 자연주의나 사실주의의 관점에서 보지 않고, 삶의 과정에서 변화하는 신체적인 변화과정을 통하여 영적인 변화과정을 보여주려 했다고 한다. 특히 이 작품은 물리적인 변화와 정신적인 상관관계를 조형적으로 나타내고 있는 점을 특징으로 한다. 자연에서 태어나 성장하다 다시 자연으로 되돌아가는 인생무상의 순환 철학을 표현하기 위해 점차 변모하는 5개의 인물상으로 구성돼 있다. 일종의 과정미술(Process Art)인 이 작품은 현대적인 시간보다 과거-현재-미래를 이어가면서 은유적인 물음으로 이끈다. 바꾸어 말해서 우리의 존재의미를 끝없이 되묻는 순환의 논리가 숨어 있다"고 한다. 이외에도 세키네 노부오 작가의 〈하늘과 땅의 대화〉, 최종태의 〈두 얼굴〉, 츄카와키 준의 〈지구로부터, 가족〉, 에카르도 노이만의 〈안-밖-안〉, 하시모토 요시미의 〈큰 구름〉, 권터 진스의 〈0-워-원〉, 리카르도 난니니의 〈기억〉, 강관욱의 〈화합〉, 롤프 놀던의 〈세상과 세상 사이〉, 김청정의 〈침묵의 소리〉, 스가와라 지로의 〈뒤집기〉 등이 있다. 쉬면서 작품을 감상하는 것도 이곳에서만 얻을 수 있는 유일한 즐거움이리라.

어디선가 굵직한 남성들의 함성이 울려 퍼진다. 고개를 돌려보니 수영장이 아닌 실내체육관 안이다. 체육관에서도 경기가 열리고 있나? 하긴 그곳에서는 농구, 배구, 배드민턴 등의 실내경기가 열리니 그럴 수도 있겠다 싶었다. 입구로 다가가니 아니나 다를까 안내판이 서 있다. 2017 SK핸드볼 코리아리그. 시간 상으로 보건대 남자부 SK호크스와 두산중공업의 경기가 펼쳐지는 중인 모양이다. 입구를 기웃거리는데 마치 에어컨 앞에 서 있는 것처럼 상쾌하다. 야, 여기가 진짜 명당이네? 피서지가 따로 없다. 한데도 관중석이 텅텅 비었다. 비인기 종목의 서러움이 이런 것인가. 무료입장임에도 실내가 이리 휑할 수 있다니. 이런 보석 같은 정보를 가족에게 알리지 않을 수 없다. 카톡을 보내기 무섭게 아내와 딸내미가 달려온다. 우리는 빈자리에 앉아 땀도 식힐 겸 선수들의 경기를 잠시 지켜보기로 한다. 하지만 그만 경기에 빠져들고 말았다. 경기가 그 정도로 치열했고 재미있었기 때문이다. 정신을 차린 건 전반전 종료 호각을 불고 나서였다. 13 대 10으로 두산이 앞서간 상황이라 후반전이 내심 궁금하긴 했지만 그놈의 맛집 탐방을 위해 일어서지 않을 수 없었다.

무얼 먹을지를 놓고서 우리는 잠시 고심했다. 나와 아내는 끼니가 될 수 있도록 주문진막국수를 원했다. 거기서 수육 한 접시를 보태면 저녁까지 해결되니 금상첨화였다. 하지만 딸내미가 정색하고 나섰다. 처음부터 거기가 아닌 다른 곳으로 결정하고 나온 거 아니었냐면서 죽어라 중탕할매떡볶이를 고집했다. 자식 이기는 부모 없다고 이쯤 되니 부부의 고집을 꺾을 수밖에. 그나저나 티켓을 끊어놓고 가는 게 낫지 않을까? 후문에서도 티켓 발권이 가능하니 해본 말이었다. 그건 뭐 아빠가 알아서 하시든지. 딸내미는 야구에는 별 관심이 없나 보다. 한데 모녀를 광장에 세워두고 혼자 매표소를 찾았더니 이게 웬일이람. 1루 내야응원석은 진즉부터 만석이란다. 이럴 줄 알았

으면 오자마자 표를 구입할 걸 그랬나. 그렇다고 NC 응원석인 3루를 택할 수도 없고. 외야석을 택하자니 거리가 멀어 선수들 얼굴도 분간하기 힘들다. 이제 남은 건 중앙석뿐. 하지만 가격대가 만만찮다. 결국 '건전소비정신'을 발휘해 중앙상단석을 택하고 말았다. 56블럭 16열 4~6번. 표를 쥐고 돌아오니 우리 집 여자 둘은 그것도 모르고 셀카놀이에 빠져 있다. 하여튼 여자들이란 어디를 갔다 하면 사진만 찍어대니 알다가도 모를 양반들이다.

중탕떡볶이집이 있다는 국민시장까지는 넉넉잡고 15분. 아직 야구경기가 시작되려면 한참 멀었으니 느긋하게 걷는다. 실내체육관을 에돌자 눈앞에 우람한 건물이 나타난다. 바로 아시아드 주경기장이다. 하얀 천으로 감싼 듯한 돔형 디자인은 천지조화를 이루는 대공간을 구현하고, 해가 솟아오르는 듯한 원을 형상화한 것은 새 천년을 맞아 웅비하는 부산시와 한국 및 세계인의 기상을 표현한 것이다. 이곳은 현재 아이파크 축구팀의 홈구장으로 사용되고 있다. 우리 가족이 이곳을 찾은 것이 언제였던가. 아마 2006년 독일 월드컵이 열릴 때였을 것이다. 4년 전의 한일월드컵 4강의 신화를 기억하고 있었으므로 우리나라와 토고와의 경기에 거는 기대는 자못 컸다. 그리하여 전국 방방곡곡에서 거리응원전이 펼쳐지는 중이었다. 아시아드 주경기장에서도 응원전이 열린다기에 우리 가족은 전부 붉은 악마로 변신해 이곳을 찾았었다. 대형 화면을 지켜보며 열띤 응원을 펼쳤지만 토고 팀에게 그만 선제골을 내주고 말았었다. 그렇다고 응원을 포기하는 이는 아무도 없었다. 그런 열띤 응원 덕분일까. 급기야 이천수가 프리킥을 절묘하게 골과 연결시키면서 동점을 이루었고, 조크로 기용된 안정환이 추가골까지 넣으면서 승리하기에 이르렀다. 그러니 그 기쁨을 어찌 다 형언할 수 있으랴. 시민들은 태극기를 흔들며 거리를 내달렸고, 차량들은 클랙슨으로 대한민국을 외쳐댔다. 그때 안정환 선수의 역전골이 너무 감격스러워 눈물 흘리던 중학교 1학년 딸내미. 그 어린 녀석이 대학까지 졸업하고 이제 직장인이 되었으니, 세월이 참 무섭긴 무섭다.

아빠, 이건 알고 있어? 뭘 말야? 여기는 동래구 사직동인데 아시아드 주경기장은 연제구 거제동이란 거. 딸아이의 어깨가 제법 우쭐하다. 맞다. 행정구역상 그렇게 나뉘어 있다. 그렇다고 거제동에 주경기장만 있는 건 아니다. 아시아드 주경기장 옆에는 보조경기장도 있고, 또 그 옆에는 체조체육관과 종합실내체육관도 위치해 있으니까. 특히 종합실내체육관은 1976년 7월 캐나다 몬트리올 올림픽에서 레슬링 자유형 부문 금메달을 획득한 부산 출신 양정모 선수의 공적을 기리고 후진 양성을 위해 부산시가 국민체육진흥재단 및 복싱, 레슬링, 역도, 유도, 검도협회의 성원으로 건립했다. 그런 영광이 서린 곳인데도 비인기 종목의 집합체라 찾는 사람 하나 보기가 힘들다.

먹자골목을 지나 조금 경사진 곳으로 올라간다 싶었는데 눈앞에 국민시장상가라고 적힌 건물이 보인다. 다 온 것 같은데? 딸내미의 말에 나도 아내도 두 눈이 커진다. 얼마 전 〈생활의 달인〉 TV 프로그램에서 맛집으로 소개되며 유명세를 탔다는 사직동 할매

떡볶이. 맛집으로 등극했다니 절로 군침이 돈다. 골목으로 조금 들어가자 한 가게 앞에 사람들이 우르르 몰려 있다. 저 집인가. 역시 직감이 틀리지 않다. 시장에서 '점백이'로 통한다는 주인 할머니가 몰려든 손님들 덕에 눈코 뜰 새 없이 바쁘다. 이 집 떡볶이가 다른 집과 두드러지게 차이가 나는 것은 무생채를 쓴다는 점이라고 했던가. 보리새우 육수에 무생채를 넣어 숨을 죽여 그대로 사용한댔지. 그래서 부드러우면서도 깔끔한 맛이 난다고. 아무튼 우리 가족은 기다리고 기다린 끝에 자리를 잡고 앉았다. 한데 이건 또 무슨 일이람? 삼인분만 달랬더니 할머니는 대뜸 나무라고 나오신다. 삼인분이라니, 여가 고깃집인가. 우린 그리 안 팔아, 그냥 삼천 원어치만 묵고 가. 겨우 삼천 원으로 세 사람 배를 채울까 싶었는데 먹고도 남을 만큼 양이 많다. 게다가 떡볶이가 입맛을 제대로 저격한다. 뭐랄까, 부드러우면서도 맵짝지근해 '마구마구' 혀를 잡아당기는 느낌이라고나 할까. 덕분에 우리 가족은 경쟁하듯이 먹어야 했다.

허겁지겁 야구장으로 들어서니 입이 그냥 쫘악, 벌어진다. 외야석까지 관중이 가득 찼다. 출출할까 싶어 치킨까지 튀긴다고 시간을 너무 허비했나. 아니면 이게 다 4연승의 파급 효과 덕분인가. 하긴 이긴다면 6연승, 7연승도 가능할 터, 사직에서 새로운 창세기를 쓰지 말라는 법도 없다. 경기는 어느새 3회 초. 다행인 것은 롯데가 0:1로 앞서고 있다는 거다. 선취점 덕분일까. 관중들의 응원소리가 높다. 우리는 서둘러 배정된 좌석으로 향한다. 그때 갑자기 터져 나오는 수만 명의 탄식소리! 그리고 이어지는 찬물을 끼얹은 듯한 조용함. 이게 무슨 일인가 싶어 그라운드를 살피니 NC팀 주자 셋이 아무런 견제 없이 베이스를 돌고 있다. 수비를 하던 롯데 선수들은 그냥 멍하니 서 있고. 전광판을 확인하니 NC의 박석민 선수가 스리런을 친 모양이다. 졸지에 우리가 자리를 찾아가는 동안 3:1로 역전을 당했다. 사기가 오른 NC의 응원단은 흥분의 도가니탕으로 변했고. 하지만 아직 절망은 이르다. 경기는 초반이고, 롯데가 상승세를 타고 있으니 역전은 얼마든지 가능하다. 겨우 자리를 찾아

앉으니 박세웅 투수가 더 이상 추가점을 내주지 않고
NC의 공격을 막아낸다. 다행이다.

3회 타순이 좋다. 하지만 상대팀 최금강 투수의 공
을 문규현이 제대로 공략해내지 못하고 땅볼로 아웃
된다. 다음 타자는 손아섭. 믿고 맡기는 3할 타자답
게 손아섭은 중전 안타로 가볍게 출루에 성공한다.
역시 아섭이답다. 다음 타자는 전년도 타율 1위를 달
렸던 김문호다. 김문호 선수가 등장하자 등 뒤에서
누군가 소리친다. 문호야, 우리 딸이 내보다 니를 더
좋아한대이! 한마디로 기대가 크다는 뜻일 게다. 근
데 그 말이 다가 아니다. 우리 딸 내년에 초등학교 드
간대이! 주위의 관중들이 일제히 폭소를 터뜨린다.
김문호 선수가 자신을 놀리는 말을 듣기라도 한 것일
까. 힘껏 스윙을 해 유격수 사이를 빠져나가는 안타
를 만들어낸다. 다음 공격은 파워 넘치는 재간둥이 3
번 전준우. 관중석 여기저기서 우후! 우후! 소리가 인
다. 그만큼 시원한 한방을 원한다는 뜻이리라. 하지
만 기대와는 달리 우익수 플라이로 쉽게 물러나버린

다. 조금이라도 깊었다면 희생플라이로 1점이라도 얻었을 텐데. 투아웃이지만 실망하기는 이르다. 다음 타자가 누군가. '거대한 4번 타자' 이대호가 아닌가. 벌써부터 관중석에서는 대에에에호! 대에에에호! 하는 소리가 터져 나온다. 이대호 선수도 그런 관중의 기대를 알았는지 공을 신중히 골라낸다. 그러던 어느 순간 대호의 방망이가 힘껏 돌아간다. 3루측 외야로 빨랫줄처럼 날아가는 공. 직감적으로 안타란 느낌이 든다. 하지만 너무 잘 맞은 게 화근일까. 공이 외야수 글러브에 빨려 들어가듯 잡히고 만다. 와아, 하던 소리는 아우, 하는 아쉬운 탄성으로 바뀐다. 이로써 스리아웃 공수 교대. 엉덩이를 들었던 관중들은 허탈하게 자리에 주저앉고 만다.

4회 초 NC 공격을 막아낸 롯데는 4회 말 공격에서 데드볼로 걸어 나간 전준우를 신본기가 안타로 불러들인다. 이로써 점수는 다시 3:2. 롯데의 상승 분위기는 5회에 접어들더니 확실히 다르다. 첫 타자 김문호가 바뀐 이민호 투수의 볼에 맞아 출루하고, 이어 전준우가 포볼을 얻음으로써 주자는 순식간에 두 명으로 불어난다. 여기에 이대호가 등장하자 관중들은 또다시 흥분 모드로 돌변한다. 최소한 외야 플라이라도 치면 동점이다. 한데 이대호는 그런 걸 원치 않는 모양이다. 홈플레이트로 날아오는 바깥쪽 공을 힘껏 밀어친다. 관중들은 일제히 일어나 하얀 공의 궤적을 좇는다. 공이 우익 선상의 담장을 넘어서자 그제야 폭발하듯 터지는 함성. NC에게 스리런을 되갚아줌으로써 드라마 같은 3:5의 역전극이 펼쳐진다.

6회에 들어서기 전, 그라운드 클리닝 타임. 롯데팬들은 기다렸다는 듯이 일제히 휴대폰 라이트를 켠다. 휴대폰 전등을 흔들면서 거북이의 노래 〈비행기〉를 따라 부르자 구장 전체가 대형 노래방으로 변한다. 아하, 이런 흥겨움 때문에 야구장을 찾는가 보다. 흥겨움은 이것으로 끝이 아니다. 매 회마다 펼쳐지는 댄스경연과 키스타임과 같은 이벤트는 관중들을 즐겁게 하기에 충분했다. 그런 와중에 NC 선수들도 이빨을 갈고 있었던 모양이다. 7회에 접어들자 승리를 굳

히기 위해 등장한 장시환 투수의 공을 박민우가 안타로 연결하면서 분위기가 심상찮게 변하더니, 투아웃 상황에서 그만 박석민과 모창민에게 연타석 홈런을 맞고 만다. 이로써 스코어는 다시 5:5. 불길함이 감돌았지만 다행히 롯데는 더 이상 추가점수만큼은 허용치 않았다. 대신 7회 말 공격에서 이대호의 안타로 1점을 얻고 계속된 찬스에서 신인 황진수마저 3루타를 보태면서 대거 4득점에 성공하며 승리에 쐐기를 박고 만다. 하지만 우리는 끝까지 경기를 지켜보기로 했다. 그리하여 5:9로 롯데의 5연승이 확정되었음에도 MVP로 선정된 이대호와 황진수 선수의 인터뷰까지 듣고서야 일어설 수 있었다.

의미 있는 공간을 우리는 '장소'라 부른다. 공간을 장소로 만드는 것은 '관계'다. 한 공간을 무대로 서로 관계를 맺는 것, 그것이 삶이고 거기에 시간의 물감이 보태지면 공간은 다시 장소로 변한다. 서로에게 잊히지 않는 의미를 지닌 장소, 이푸 투안은 이를 '토포필리아'라 명했던가. 그런 면에서 우리 가족에게 사직야구장은 이미 의미를 띤 장소로 변한 셈이다. 승리의 여운을 안고 야구장을 빠져나왔을 때 종합운동장 일대는 깊은 어둠에 휩싸여 있었다. 출출하지만 식당을 찾아 들어가기에는 너무 늦어버린 시각. 우리는 택시를 타기 위해 정문으로 향했다. 하지만 정문 입구에는 선수들을 기다리는 관중들이 양쪽으로 도열해 장사진을 이루고 있었다. 모여 있는 대부분이 좋아하는 선수의 유니폼을 입은 젊은이들이었다. 게다가 도로 가에는 아직 많은 인파들로 가득했다. 저 정도면 택시 타기도 쉽지 않을 터, 차라리카페에 앉아 커피나 한잔하면서 기다리기로 했다. 카페로 향하면서 하늘을 잠깐 올려다보았더니 구름사이로 잠깐씩 얼굴을 내비치는 반달도 달뜬 탓인지 더 높이 솟구쳐 있었다.

다대포의
숨은 역사를
찾아서

어느 시인이 노래했다.
다대포에는 2월과 해질녘에는 가지 말라고.

어느 시인이 노래했다. 다대포에는 2월과 해질녘에는 가지 말라고. 이곳에서 겨울을 나던 철새들은 날씨가 풀리는 2월이면 떠나기 시작한다. 그런 철새들을 본다는 것은 왠지 서러울 수밖에 없다. 게다가 해질녘이면 일몰의 장관은 사라지는 것들의 애잔함을 또 한 번 가슴속에 풀어놓는다. 그러니 다대포는 사람들의 감성을 자극해 못 견디게 아리게 만드는 공간인 것이다. 그렇다. 다대포는 그리움을 부추기는 장소이며 서러운 역사의 아픔마저 내장하고 있다. 자, 그럼 이런 다대포의 역사기행을 슬슬 떠나보자. 다행스럽게 2017년 7월 지하철 1호선이 다대포까지 연장 운행하면서 발품을 많이 팔 필요가 없어졌다. 그러면 지하철에 발을 올려라. 다대포까지 고고씽이다, 얏호!

다대포해수욕장역 2번 출구로 나서면 갑자기 눈이 커지고 마음이 '화악' 넓어질 것이다. 이유는 끝 간 데 없이 펼쳐진 백사장 때문이다. 이 너른 모래톱이 바로 다대포해수욕장이다. 이곳은 낙동강 하류와 바다가 만나는 곳, 강이 쥐고 온 모래를 놓아버리는 곳이다. 눈을 둘러보면 계속 모래가 쌓이고 있으며 모래섬이 생겨나고 있는 것도 확인할 수 있다. 광안리와 해운대해수욕장이 해마다 모래가 사라져서 걱정이라면 이곳은 계속 누적되는 모래톱 때문에 걱정이다.

이런 아름다운 백사장이 통째로 사라질 뻔한 적이 있었다. 1991년, 정부에서 이곳에 목재용 전용부두 건설을 위해 매립계획을 세웠던 것이다. 이에 주민들은 격렬히 반대운동을 펼쳐 계획을 무산시켰다. 그러다가 2000년에 다시 매립계획을 발표했고 이번에는 주민들과 시민단체가 연합해 다양한 반대운동을 펼치기에 이르렀다. 덕분에 매립계획을 무산시켰기 망정이지 그렇지 않았다면 지금의 해수욕장은 종적을 감추고 말았을 것이다. 그러니 '바다음악분수대' 옆의 '다대포매립백지화기념비'를 그냥 지나치지 말기 바란다.

다대포해수욕장을 끼고 새로 조성한 해변공원으

로 향하다가 보면 눈앞에 나지막한 산 하나가 보인
다. 몰운대(沒雲臺)다. 한자 그대로 구름에 잠겨 있는
곳. 몰운대는 원래 섬이었지만 모래톱이 쌓이면서 육
지와 붙어 지금의 모양이 되었다. 그러니까 여러분이
걷는 발밑에는 수많은 세월 동안 이곳에 밀려와 쌓인
모래더미가 있음을 기억해두자. 이곳에는 현재 군부
대와 옮겨온 다대포객사, 정운장군순의비가 있다. 그
곳을 전부 둘러보려면 제법 여유로운 마음을 가져야
한다. 밖에서 보는 것보다 규모가 엄청 크니까. 성인
의 걸음으로도 얼추 두 시간 정도? 우와, 그렇게 많이
걸려? 하고 지레 겁낼 필요는 없다. 미인송처럼 하늘
로 쭉쭉 뻗어 올라간 해송 숲을 걷다가 보면 원시림
의 장관에 입부터 '쫙악' 벌어질 테니까.

　진입로를 따라 들어오다 보면 외로운 여인처럼 고
풍스런 건물 하나가 서 있다. 바로 그 건물이 다대포
초등학교 운동장 옆에서 옮겨온 다대포객사다. 다대
포객사는 외부인이 방문했을 때 사용하던 시설로 원
래 다대포성 안에 있던 건물이다. 그러니까 다대포초

등학교는 다대포성 안에 지어진 학교였던 셈이다. 하지만 일제강점기에 지어진 학교 건물이 워낙 낡아 새로 지을 수밖에 없었는데, 그때 운동장 곁에 서 있던 다대포객사를 이곳으로 옮겨놓았던 것이다. 상세한 객사 건물에 대한 설명은 다대포성이 있던 곳에 가서 다시 얘기하도록 하겠다. 그러니 그대로 고고씽!

다대포객사를 지나면 길이 다시 두 갈래로 나뉜다. 오른쪽으로 가면 정운장군순의비가 서 있다. 정운 장군은 사후 내려진 직함이고 임진왜란 당시에는 장군이 아닌 녹도만호였다. 그는 이순신이 이끄는 유능한 장수 중의 한 사람으로 다대포와 부산포에 주둔하고 있던 왜군을 무찌르기 위해 가덕도에서 이곳으로 향했다. 그때 수많은 전투로 부상 중이던 정운을 이순신 장군이 만류하지만 그는 고집을 부려 전투에 참여하고자 한다. 그렇게 함께 부산포로 오던 중 이곳 근처에서 기어이 목숨을 잃는다. 일설에는 정운 장군이 전투를 앞두고 이곳을 지나갈 때 몰운대라는 지명을 듣고 자신의 이름도 '구름 운'인데 같은 걸 보니 여기

가 내 죽을 곳이군, 했단다. 임진왜란이라면 이순신 장군만 기억하지만 그의 수하에 정운과 같은 훌륭한 군인이 있었음도 잊지 말아야 한다.

정운장군순의비가 있는 곳은 아쉽게도 군사지역이라 허락 없이 들어갈 수 없다. 그러니 서운하지만 왼쪽으로 잘 다듬어진 길로 그냥 좌회전하자. 이제부터는 내리막길이다. 조금 내려가다가 보면 오른편으로 자갈마당이 펼쳐지면서 육지의 끝자락에 닿는다. 여기에 서면 부산 앞바다가 한눈에 들어온다. 쥐섬, 동호섬, 동섬과 목도까지. 그곳을 구경하고 돌아 나와 오른편으로 꺾으면 해안을 끼고 도는 길이 나오는데 그 길이 '갈맷길'이다. 개동백이 우거진 해안을 따라 걷다가 보면 화손대(화손구미)가 나온다. 이곳은 다대포항이 훤히 내려다보이는 곳으로 성창기업 저목장이 있는 곳으로 유명하다. 그곳 해안이 바로 다대포성이 있던 자리이고. '아시아의 물개'라는 조오련 수영선수를 아는가. 그는 대한남아의 기상을 보여주고자 이곳에서 대마도로 출발했으며, 부산포 전투에서 승리한 후 이순신 장군의 연합함대가 주둔했던 곳도 바로 이곳이다.

몰운대를 한 바퀴 돌고 나면 제법 다리가 묵지근해질 것이다. 그러면 다대포해변공원에서 잠시 쉬어도 좋다. 노천카페며 각종 먹거리를 파는 가게가 진입로를 따라 즐비하니 어느 곳을 택하든 관계없다. 다만 필자의 생각으로는 바지락칼국수 정도로 먹어주는 것이 다음 여정을 위해서라도 좋겠다 싶다. 게다가 이왕 이곳에 왔다면 다대포의 바다 맛을 혀로 만끽하는 기회를 가져야 하지 않겠나.

배도 채우고 아픈 다리도 풀었다면 다음 장소로 이동하자. 이번에 가볼 곳은 다대포 성터과 윤공단이다. 두 곳을 찾아가려면 다리품을 조금 팔아야 한다. 다리품을 팔기 싫다면 다시 지하철을 타고 다대포항역에서 내리면 된다. 다대포항역 아래쪽에 위치한 다대포성은 애석하게도 이곳이 개발되면서 거의 사라졌다. 하지만 그 흔적이 아주 사라진 것은 아니므로

걱정하지 마시라. 다대포성의 흔적을 살피려면 일단 부산유아교육원으로 가자. 그곳은 원래 다대포초등학교가 있던 곳으로 조선시대에 다대포성 안이었다. 지금도 운동장에는 객사 터와 '첨사윤흥신순절비' 표지석이 남아 있다. 그러니 그것을 둘러보고 성벽을 찾아가도 좋겠다. 부산유아교육원 오른쪽 급식시설 뒤편, 정확히 말해 원불교 다대교당과 카센터 사이의 골목길에 성벽이 있다. 건물의 아랫부분이 바로 성벽인 셈이다. 그러니까 이곳 구평동 일대는 바로 다대포성이 있던 곳이란 얘기다. 다대포성은 조선시대만 해도 군사적 요충지였다. 그리하여 다른 곳보다 직급이 높은 관리와 많은 군사가 주둔했다. 그중 임란 당시 다대포성을 지키던 윤흥신 첨사는 이곳을 이틀간 지키다가 장렬히 전사한다. 그분의 넋을 기리고 제를 지내는 곳이 맞은편의 윤공단이다.

자, 그럼 윤공단으로 향하기 전에 윤흥신이란 인물에 대해 잠깐 알아보기로 하자. 그의 생이야말로 한마디로 파란만장하니까. 지금으로 치자면 마치 소

설이나 드라마 속의 주인공으로 스카웃될 정도라고
나 할까. 윤홍신은 파평 윤씨로 조선시대 명문 집안
출생이다. 하지만 을사사화 때 그의 집안은 멸문의
화를 입게 된다. 그렇다면 그의 집은 왜 을사년에 화
를 입게 되었을까. 이를 알기 위해선 조선시대의 역사
를 조금 살펴볼 필요가 있다. 우리가 학교에서 외운
조선시대 왕의 계보 '태정태세문단세예성연중인명선'
을 떠올리면 더 이해가 빠르겠다.

조선 개국공신이었던 파평 윤씨 가문은 대대로 부
와 권력을 누린다. 그러다가 윤홍신의 아버지 윤임이
연산군의 폭정을 견디다 못해 연산군을 왕좌에서 쫓
아내기 위한 쿠데타에 가담하고 만다. 이것이 이른바
중종반정이다. 그리하여 자의가 아니라 신하들에 의
해 타의로 왕위에 오른 임금이 중종으로, 중종은 신
하들에게 큰소리 한번 칠 수 없는 신세다. 이를 잘 보
여주는 사건이 왕위에 오르자마자 7일 만에 정비였
던 '단경왕후 신씨'를 폐출시킨 사건이다. 연산군의
최측근 신하의 딸이라는 이유로 7일 만에 폐비시켜야

했고 급기야 장경왕후를 왕비로 삼게 된 것이다. 이 장경왕후가 바로 윤흥신의 고모다. 그러니 왕의 외척이 된 윤흥신의 가문은 막강한 권력의 중심에 서게 된 것이다. 문제는 고모 장경왕후가 아들을 낳고 산후통으로 고생하다가 그만 죽어버린다는 것이다. 할 수 없이 중종이 다시 부인을 맞이하는데 그이가 문정왕후다. 문정왕후는 야심이 큰 여자였다. 그런 그녀가 아들을 낳았으니 장경왕후가 낳은 아들이 밉지 않을 수 없었다. 장경왕후의 아들만 없으면 자신의 아들이 왕이 될 수 있었으니까. 한데 중종의 뒤를 이어 장경왕후의 아들이 왕위에 올랐으니 얼마나 마음이 언짢았을까. 한데 심약한 장경왕후의 아들 인종은 왕위에 오른 지 9개월 만에 덜컥 목숨을 잃고 만다. 이에 대해 문정왕후의 음모설을 제기하기도 하나 일단 그건 접어두자. 인종이 죽고 뒤를 이어 왕위에 오른 이가 바로 문정왕후의 아들 명종이었다. 명종은 당시 12세로 어머니의 수렴청정이 필요한 어린 나이였다. 그러니 권력을 한 손에 거머쥔 이는 문정왕후였던 것이다. 문정왕후의 입장에선 같은 파평 윤씨이면서

도 인종의 외척인 윤흥신의 부친과 추종세력이 곱게
보일 리 없었다. 하여 눈엣가시였던 윤흥신의 부친을
역모죄로 모함, 일거에 일가족을 처형해버리게 된다.
이것이 바로 윤흥신의 가문이 멸문지화를 입는 '을사
사화'다.

　그렇게 가문이 깡그리 사라졌는데 윤흥신은 어떻
게 살아남을 수 있었단 말일까. 이유는 단 하나. 윤흥
신이 나이가 너무 어렸기 때문이다. 당시 나이가 겨우
여섯 살. 그로 인해 세 형과 달리 윤흥신과 그의 남동
생 윤흥제는 목숨을 부지할 수 있었다. 하지만 그는
역적의 자식이란 죄로 노비로 전락해 32년이라는 세
월 동안 관노로 살아야 했다. 그런 윤흥신이 천우신
조로 노비의 굴레를 벗게 된 것은 명종의 뒤를 이어
즉위한 선조 덕분이다. 선조는, 윤임을 신원복권시키
게 되는데 덩달아 아들인 윤흥신도 양반 신분을 회복
하게 된 것이다. 양반 신분을 찾은 이듬해, 윤흥신은
부친 윤임의 무과 경력과 공신의 후손이라는 점을 인
정받아 무과 별시에 응시, 출사하는 순탄한 길을 걷

는 듯했다. 하지만 충북 진천현감이 되었으나 임기를 1년도 채 못 채우고 '문자를 읽지 못한다'는 이유로 자리에서 쫓겨나고 만다. 그런 차에 왜구로 인해 남해가 다시 어지러워질 것을 우려한 선조가 당시 우의정 류성룡의 천거를 받아 다대첨사로 임명하면서 이곳으로 오게 된다. 하지만 선조가 우려했던 전쟁이 곧 현실이 되고 말았다. 1592년 4월 13일 오후, 왜군은 윤흥신과 군사 800명이 지키는 다대진을 공격해왔다. 윤흥신은 동생 윤흥제와 함께 첫날 조선군의 동태를 살피던 왜군 100명을 물리쳤으나, 다음 날 1200명의 왜군과 맞서 싸우다 순절한다. 전해오는 이야기로는 윤흥신은 동생과 함께 끝까지 저항하다가 손을 잡고 못으로 뛰어들어 자결했는데 훗날 사람들이 시체를 건져내 손을 떼어내려 해도 두 사람의 팔이 엉겨 붙어 떨어지지 않아 할 수 없이 팔을 자른 후에야 매장할 수 있었다고 한다.

윤공단에는 세 개의 비가 서 있다. 첨사순절비의 오른쪽에 서 있는 비가 바로 동생 '의사윤흥제비'이고 왼쪽에 있는 것이 순란사민비(殉亂士民碑)이다. 순란사민비는 전란 당시 이름 없이 스러진 수많은 백성을 위해 세운 비석이다. 이 중 두 사람의 이름이 이충무공전서에 의해 밝혀진 바 있다. 그들이 바로 비운의 여인 윤백련의 아버지인 윤곤절(尹昆節)과 어머니 모론(毛論)이다. 그렇다면 윤백련은 누구인가. 이곳 전투에서 부모를 잃고 살아남았지만 한 많은 생을 마감한 여인이다.

다대포문화연구회 한건 회장이 찾아낸 사료에 의하면 사연은 이렇다. 부산성과 다대성을 차례로 점령한 왜군은 김해를 거쳐 거제도 옥포로 건너가 노략질을 자행한다. 이 사실을 안 이순신 장군의 연합함대는 기습작전으로 옥포 해안에 들이닥쳐 정박해 있던 왜선 26척을 '개박살'낸다. 이 전투를 우리는 옥포해전이라 부른다. 당시 왜선의 배 안에서 일본 옷을 걸치고 머리를 단발하여 일본여자같이 보이는 처녀 하나를 발견한다. 그녀가 바로 열네 살의 다대포 처녀 윤백련이다. 그녀는 부모를 잃고 동래에 있는 할아버

지 집을 향하다가 왜군에게 붙잡혀 매일같이 몹쓸 짓을 당하고, 성적 노리개 신세로 선창에 잡혀 있었던 것이다. 이런 사연을 안 이순신 장군은 비교적 안전한 순천이나 보성으로 보내어 보살피다가 온전하면 고향으로 돌려보내라고 명령한다. 하지만 백련은 만신창이가 된 몸으로 고향으로 돌아갈 수 없어 끝내 보성 땅에서 홀로 생을 마감한다.

사람들은 착각한다. 부산은 후방이라 안전한 곳이라고. 하지만 적을 북한이나 중국이 아니라 일본으로 가정해보자. 그럼 전쟁의 최전방은 어디인가. 바로 이곳이 아니던가. 전쟁은 모든 것을 앗아간다. 산 사람의 목숨뿐만 아니라 윤백련처럼 살아남은 자의 운명까지 비참하게 바꾸어버린다. 우리는 이 사실을 다대포에서 여실히 확인할 수 있다. 그러니 다대포는 서글픈 역사가 숨어 있는 또 하나의 슬픔의 장소인 것이다.

하마정과
화지공원

그러므로 이곳의 배롱나무야말로
후손의 지극정성이 만들어낸 걸작이며,
한권의 푸른 역사서인 셈이다.

화지공원이라고 들어보셨나? 부산에 사는 사람들에게 물으면 "부산에 그런 곳이 있습니꺼?" 할 정도로 낯설다. 천년의 역사를 간직한 유서 깊은 곳이면서도 아직 사람들이 잘 모르는 화지공원. 어쩌면 그런 연유로 사람들은 화지공원을 지나쳐 근처의 부산시민공원이나 초읍의 어린이대공원을 찾는지 모르겠다. 오늘 우리가 찾을 곳은 도심 속에 숨어 있는 파란 보석, 화지공원이다. 자, 그럼 그곳으로 가볼까. 고고씽!

화지공원으로 가려면 지하철 양정역 3번 출구로 나오는 게 좋다. 5번 출구를 이용해도 되지만 이유는 나중에 저절로 알 수 있다. 3번 출구를 나와 동평로를 따라 부산시교육청 쪽으로 '쭈욱' 직진하면 눈앞에 사거리가 나타난다. 이곳이 바로 하마정사거리다. 하마정이란 지명은 들어보셨나? 하마정(下馬停)이란 한자 그대로 "말에서 내려 잠시 머문다"는 뜻이다. 그러니까 신분고하를 불문하고 이곳에 서 있던 하마석 앞에서는 말에서 내려 예를 갖추었다는 얘기다. 그럼 도대체 누가 있기에 그런 예를 갖추어야만 했을까.

그 이유가 바로 화지공원에 가면 밝혀진다. 기대하시라, 짜잔!

원래 하마정사거리에 하마석과 그 유래를 설명하는 비문이 함께 서 있었다. 하지만 아쉽게도 동해남부선 철도공사로 인해 잠시 자리를 옮겨놓았다. 하마정사거리에서 건널목을 건너 동평로를 따라 올라오면 양정1동 주민센터가 보일 것이다. 거기서 맞은편을 쳐다보라. 부산교육청 건물이 보일 것이고, 그 조금 위쪽에 화지문화회관 간판이 보일 것이다. 그곳이 바로 화지공원 입구다. 그러니 다시 한 번 길을 건너기만 하면 화지공원에 도착한 셈이나 마찬가지다.

화지공원으로 향하다 보면 머리 위에 천연기념물 168호로 지정된 '부산진배롱나무' 입간판이 보인다. 화지공원을 대표하고 수령 800여 년이 넘었다는 배롱나무. 우리는 공원에서 우아한 자태를 뽐내는 배롱나무 어르신 두 분을 만날 수 있다. 그러니 기대하셔도 좋다. 입구 반대편에 동래정씨시조선산 화지공

원 화강암 표지석이 서 있다. 화지공원을 근처 사람들은 이곳을 '정묘사'라고 부르기도 한다. 이유는 화지공원이 바로 동래 정씨의 시조 묘와 사당이 있는 곳이기 때문이다. 그러니까 앞서 말한 하마석은 동래 정씨 시조의 묘가 있어 예를 표한 것이라 할 수 있다. 뿐만 아니라 하마석은 화지산의 경계를 나타내는 표지석 구실도 했다. 그런 점에서 화지공원은 공원이지만 여타 다른 공원과는 그 성격을 달리하는 셈이다. 그러므로 이곳에 입장할 때에는 옷깃을 여밀 필요가 있다. 그것이 동래 정씨 문중의 선산을 시민들에게 개방한 데 대한 작은 고마움의 표현이라고나 할까.

좌우로 도열한 향나무의 사열을 받으며 조금 오르다 보면 이마에 현경문(顯景門)이라는 편액을 단 고색창연한 문이 나타난다. 현경문이란 '문을 열면 또 다른 풍경이 나타난다'는 뜻이니 들어서는 순간 어떤 풍경이 펼쳐질지 기대해도 좋겠다. 대신 여기서 팁 하나. 현경문의 출입구는 두 군데다. 그렇다고 아무 곳이나 이용하는 건 결례다. 고래로 우입좌출(右入左出)

이라 했으니 당연히 오른쪽으로 들어서야 한다. 현경문을 지나면 오른쪽으로 난 숲길이 나온다. 이 숲길은 동네 주민들이 매일 운동 삼아 애용하는 편백림 산책로다. 이 길을 따라 오르면 편백나무가 쏟아내는 피톤치드로 맘껏 샤워를 할 수 있다. 편백숲을 따라 해발 199미터의 화지산 정상까지 왕복하는 데에는 고작 30여 분. 그러니 산책 삼아 걷기에는 제격이다. 그러니 친구나 연인끼리 걷는다면 더없이 좋은 데이트 코스이기도 하다.

현경문을 지나 계속 오르다 보면 넓은 진입로 끝에 옹기종기 모여 있는 몇 채의 기와 건물들이 나타난다. 이곳이 동래 정씨 선조들의 위패를 모신 사당인 추원사(追遠祠)다. 건물 앞에 명기한 추원사기(追遠祠記)를 읽어보면 원래는 추원당이었으나 오래되어 최근에 새로 지었음을 알 수 있다. 추원사는 위패를 모신 곳이니 당연히 경모문(敬慕門)을 들어서는 것은 금지. 그러니 선 채로 그냥 고개만 오른쪽으로 돌려보자. 눈앞에 잘 다듬어진 넓은 잔디밭과 그 가운데 자

리한 무덤이 보일 것이다. 무덤의 주인공이 바로 동래 정씨의 시조 중의 한 분인 정문도 공. 이곳에 대해 잘 모르는 사람들은 정문도 공을 동래 정씨의 시조로 안다. 하지만 정묘 앞에 서 있는 묘갈명을 읽어보면 시조가 아닌 2세조임을 알 수 있다.

묘갈명(墓碣銘)이란 묘 앞에 세운 돌비석에 새긴 글을 의미한다. 그러니까 그 기록에 의하면, 동래 정씨 20대손인 밀양부사 시선(是先)이 1701년(숙종27년)에 묘갈명의 글자가 흐릿해 다시 새겨 세우면서 비석 뒷면에 그 내력을 함께 새겼다. 그리고 무덤의 주인공이 누구인지 그 내력까지 밝히고 있다. "경기도 장단의 송림산 아래에 있는 낡은 묘가 허물어지면서 묻어놓은 지석이 함께 드러났다. 무덤의 주인공은 고려시대 예부상서를 지낸 문안공 정항(鄭沆)으로, 선대는 동래인이며 아버지의 이름은 목(穆), 할아버지 이름은 문도(文道)이며 증조부의 이름은 지원(之遠)인데 모두 고을의 호장(戶長)이었다. 이로 인하여 공을 이세조로 표기한다." 그러니까 지원이 일세조요, 정항이란 이는 동래 정씨 4대조에 해당하는 셈이다. 정항은 그 유명한 고려시대 향가 〈정과정곡〉으로 유명한 정서의 아버지다.

이번에는 고개를 들어 추원사 건너편을 보자. 정묘보다 협소하지만 잘 다듬어진 묘지가 보일 것이다. 그곳이 시조와 1세조의 무덤과 제단이다. 그렇다면 왜 시조와 1세조의 무덤에 비해 2세조인 정문도 공의 무덤이 크고 넓은 것일까. 사실 고려시대 안일호장이라는 벼슬은 늙어 퇴직한 고을의 향리(달리 아전이라고도 부름)이니 그다지 큰 벼슬아치가 아니다. 그럼에도 이렇게 숭상 받는 이유는 무엇일까. 이유는 간단하다. 자식 덕분이다. 기록에 의하면 문도 공의 아들은 도합 셋이었는데 모두 총명해서 과거시험에 전부 패스했다. 그러니까 고려 광종(958년)이 왕권 강화를 위해 만든 과거제도의 혜택을 톡톡히 입은 집안이 동래 정씨인 셈이다. 덕분에 일개 고을의 아전 자식이 중앙무대로 진출할 수 있게 되었고, 그 결과 조선시대까지 대대손손 권문세가가 될 수 있었던 것이다.

항간에는 동래 정씨가 벌열하게 된 것을 이곳 자체가 명당이기 때문이라고도 한다. 이곳에 얽힌 재밌는 전설이 있어 옮겨본다. 지금으로부터 900여 년 전, 동래부사 고익공이 부임했을 당시 정문도 공은 군장으로 부사를 보좌하고 있었다. 부사는 산세를 잘 아는 분으로 공무가 끝나면 군장을 대동하고 순회하곤 했는데, 어느 날 화지산에 올랐다. 부사는 명당 혈을 찾으며 사방을 둘러보다가 혼잣말로 "참 좋은 명당인데 저 흠(괴석암)이 있어 못 쓸 곳이야"라고 말했다. 집에 돌아온 정문도 공은 아들들에게 단단히 일렀다. 얼마 후 고부사는 개경 내직으로 영전하였고 군장은 퇴임해 안일호장으로 노후를 보내다가 세상을 떴다. 아들 형제는 아버지의 유지를 받들어 장지를 화지산으로 정했다. 그리고 운상을 할 때였다. 백설이 내린 장지 가운데 호랑이가 누웠다가 상여꾼 소리에 놀라 떠나갔다. 그 자리는 눈이 녹아 있어 그곳을 파서 아버지의 장례를 치렀다. 한데 이튿날 아버지의 시신이 무덤 밖으로 튀어나와 있는 것이 아닌가. 다시 파서 묻었더니 또 튀어나왔다. 고민하던 차에 백발이 수려한 노인이 지나갔다. 예사롭지 않은 듯해 노인에게 기괴한 사연을 말했더니 "그 자리는 고관대작이 들어갈 명당이지 서민은 누울 자리가 아니다"라고 하였다. 상을 당한 아들들은 눈물로 애원하면서 "병이 난 곳을 아시니 고치는 방법도 알고 계시리라 믿습니다. 부디 어여삐 여기시어 보살펴 주시옵소서"라고 간절히 호소했다. 그러자 효심에 감동하였는지 쓴 입맛을 쩍쩍 다시면서 노인이 하는 말이 "고관대작의 관청을 영정에 써도, 금관조복을 입혀도 역적행위가 되니 이를 어쩐담" 하고 무엇인가를 곰곰이 생각하더니 "넘어갈까? 한번 해보자"라고 하면서 말을 이었다. "귀신도 속는 수가 있으니 시도해보게나. 보릿짚을 가져다 두껍게 관을 써서 묻거라" 하였다. 감사의 인사를 하고 돌아오면서 뒤돌아보았을 때 이미 노인은 온데간데없이 사라졌다. 지시대로 다시 무덤을 한 후에 밤을 지새우며 숲속에서 무덤을 지켜보았다. 삼경이 넘었을까? 여기저기에서 검은 그림자(도깨비)가 나타나

더니 "또 묻었구나" 하며 봉분을 헤치는데 관이 드러
난 시점에서 보릿짚이 달빛에 반사되어 황금빛으로
솟구치자 도깨비들은 환호성을 토하며 "이제 주인이
드셨구나, 우리 할 일은 다하였다. 빨리 묻고 다른 곳
으로 떠나자" 하더니 어디론가 사라졌다. 그 후, 이
듬해 늦봄에 기괴한 일이 또 벌어졌다. 구름 한 점 없
던 밤하늘에 별안간 바람이 험상하더니 먹구름이 휘
몰아치며 뇌성벽력 끝에 괴석암(역적바위)이 무너져내
린 것이다. 묘를 쓴 자리는 괴석암으로 인하여 자손
중 역적 행위자가 날 자리였지만 안일호장 정문도 공
의 충효와 신의, 검소, 청백함이 명당을 내려 조선조
오백 년간 상신이 17명, 대제학이 2명, 문과급제자가
198명이나 되는 나라 안에서는 보기 드문 명문가가
되었다는 얘기다.

뿐만 아니다. 임진왜란 당시 왜장이 동래읍성을 치
기 위해 이곳을 지날 때의 일이라고 한다. 갑자기 말
이 날뛰면서 말을 듣지 않았다. 이유를 알고 보니 이
곳에 동래 정씨 시묘가 있어 그렇다고 했다. 이에 왜

장은 말에서 내려 예를 표하고 지나갔다는 얘기도 전한다. 믿거나 말거나.

이왕 이렇게 된 거, 묘갈명에 적혀 있는 또 다른 이야기도 소개하자. 〈동래군지〉에 정문도 공의 묘를 왜 '정묘'라고 부르게 되었는지 적어놓았다. "정문도 공은 관직에서 물러나서도 매월 초하루에 나팔소리가 들리면 고을 수령이 조회를 하는 줄 알고 뜰에 내려가 예를 갖추었다고 한다. 또한 공을 장례 지낼 때 상여가 화지산에 이르자 마침 눈이 녹은 것이 범이 걸터앉은 모습과 같은 기이함이 있었다. 이에 그곳으로 가서 장사를 지냈다. 그리하여 정묘라 한다. 이후 나무꾼과 목동이 들어가지 않아 주위의 나무들이 탈이 없었고 난리를 몇 번 겪었어도 이곳을 범접하지 못했다. 후손 정언섭이 이곳 고을 수령으로 오게 되었는데 묘역을 살피다가 한 줄기 기운이 흘러 관통하는 느낌을 받았다. 이에 문중사람을 불러 의논한 뒤 녹봉을 떼어 제전을 사고 보태기로 하여 계를 조직하고 섬돌을 기준으로 십여 걸음쯤 되는 곳에 비석을 세웠다." 이 기록이 사실이라면 이렇게 묘지가 잘 다듬어진 모습을 하게 된 것은 죄다 동래부사 정언섭의 공인 셈이다.

이야기가 길어졌다. 이제 정문도 공의 무덤을 지키는 배롱나무를 살펴보도록 하자. 무덤을 지을 때 배롱나무 두 그루를 나란히 심었다니 얼추 수령이 800년이 넘었다. 그 긴 세월이 흐르는 동안 원줄기는 죽고 곁에서 돋아난 줄기들이 무덤을 닮아 둥그런 수형을 이루고 있다. 하지만 곁줄기들마저도 늙어 지팡이 신세를 지지 않을 수 없는 상황이다. 두 그루의 노거수가 짚고 있는 지팡이 수만도 무려 14개. 그러니 꽃을 피운들 많을 수가 없는 건 당연지사. 그럼에도 꽃을 피운 모습이 외려 더 우아하다. 뭐랄까. 고희연을 맞아 분홍색으로 살짝 무늬를 입힌 한복을 입은 어머님이라고나 할까. 아무튼 '백일 동안 꽃을 볼 수 있다' 하여 목백일홍 혹은 나무백일홍이라 불렀다는 배롱나무는 예부터 '조상을 기리고 후손들의 부귀영화를 기원'한다고 하여 무덤가에 많이 심었다. 하지만 배롱나무 수형은 원래 둥글지 않다. 그러니 후손들이 나무를 잘 돌봐왔다는 얘기다. 그러므로 이곳의 배롱나무야말로 후손의 지극정성이 만들어낸 걸작이며, 한 권의 푸른 역사서인 셈이다.

이제 '화지'로 갈 차례다. 화지산이란 이름도 바로 화지라는 연못에서 비롯했으니까. 화지 혹은 화지언은 원래 연지동 쪽에 있었다. 그런데도 이곳 동래 정씨 문중에서는 화지사 앞의 못을 화지라고도 불러왔다. 추원사 감실문을 지나 오르막길을 조금 오르면 동래 정씨 시조와 1세조 무덤을 만난다. 거기서 서너 걸음을 더하면 화지다. 한데 가보면 알겠지만 못의 물이 말라버렸다. 못이었음을 알려주는 건 수양버드나무들뿐이다. 사시사철 마르지 않고 물을 간직했던 연못이 왜 말라버린 것일까.

이유를 말하기 전에 먼저 질문부터 하나 하자. 산불과 연못 속의 물고기는 관계가 있을까 없을까. 정답은, 관계가 있다이다. 불이 나면 당연히 물이 필요하고 그러다 보면 연못 속의 물고기에게도 영향이 미치게 된다. 이곳이 말라버린 이유도 위의 질문과 무관하지 않다. 초읍고개 쪽에 KTX 고속철 터널공사가 시작되자 거짓말처럼 이곳 물이 흔적 없이 사라졌단다. 산책객의 목을 축여주던 화지산 속의 약수터도 말라버리긴 마찬가지. 건너편 터널공사와 이곳이 아무 관련이 없을 것 같았지만 지하수맥을 공유하고 있었던 것이다. 그러니 무분별한 자연훼손이 어떤 결과를 초래하는지 그 단초를 잘 보여주는 곳이 화지산인 셈이다.

화지 위쪽에 보이는 건물이 화수정과 화지사다. 화수정은 이곳을 관리하는 관리인이 사는 곳이며, 인접한 화지사는 정씨 문중에서 세운 사찰이다. 화지사 동각 앞에는 그 절의 연혁이 나와 있다. 그 내용에 의하면, "이 사찰은 정문도 공의 왕생극락을 비는 개인 사찰로, 고려시대 초창기에는 만세암으로 불리다가 훗날 후손을 기리는 영호암으로 불렸고 지금에 와서는 화지사라 부른다"고 했다. 기록대로 화지사는 종

중 사찰이며 규모는 암자 수준이다. 그러니 조용히 부처님을 만나고 싶다면 경내로 들어서는 것도 나쁘지 않다. 하지만 화지산을 등반하기 위해서라면 돌아서시라. 화지사에서 정상으로 향하는 등산로가 없으므로. 자, 이제 화지공원에 대한 설명이 끝났다. 알고 보면 사물이 새롭게 다가온다고 했던가. 어떤가. 듣고 보니 화지공원의 전경이 달리 보이는가. 그렇게 느껴진다면 오늘 여행은 더없이 값질 것이다. 그럼 이만, 총총.

을숙도,
갈대숲을 거닐다

강과 바다가 얼싸안고 만든
새들의 낙원 을숙도.
을숙도는 새들의 공화국, 새들의 유토피아다.
흐르는 바람의 등에 탄 철새를
먼저 유혹하는 것은 갈대의 농염한 허리춤과
손사래였을 것이다.

왜, 을숙도로 향하면서 뜬금없이 엄원태 시인이 떠오르는 것일까. 최근 읽은 그의 시집 탓인가. 아니면, 그 시집에 실려 있던 「이월」이라는 시 때문인가. 이십 년째 앓고 있다는 시인의 지병. 피가 오줌을 거르지 못해 신장투석을 하며 생을 겨우 이어가는 중이라 '자서'에 썼던가. 병이 이젠 친구이자 삶의 반려자가 되었다면 엄 시인도 을숙도처럼 겨우 목숨을 연명하는 처지가 닮아서일까.

몰운대 숲길은 저녁이 짧아서/이월엔 가지 않는 게 좋다지만/지상을 떠나는 새떼들 배웅하기엔 가장 좋은 때//하구에선 세상에 버려진 것들이/비로소 제 쓸쓸한 표정 어둡게 문질러 지운다/낙동강 구백 리 물굽이를 거치는 동안/강물도 내내 상처였던 것//다대포 앞바다 반짝이는 잔물결과/ 몇 점, 준설선들 띄운 컴컴한 모래톱/어두워가는 저녁의 부은 목젖에 칼칼하게 걸린다//이월은 거기서 뒷모습만 잠시 보였던가/거대한 밀물 들이닥치듯 이내 어둠이/세상의 온몸을 적시

는데,//몰운대 숲길은 저녁이 짧아서/이월엔 가
지 않는 게 좋다지만

—엄원태, 「이월」, 『물방울 무덤』, 창비, 2007

해가 짧은 '이월엔 가지 않는 게 좋다'지만 시인은
굳이 이월에 을숙도, 아니 을숙도가 위치한 하류를
찾는다. 그리고 철새를 바라본다. 이월은 월동을 마
친 철새들이 다시 새로운 땅으로 떠날 채비를 하는
때다. 그러니 시인도 딴 세상으로 떠날 준비라도 하
는 것일까.

강과 바다가 얼싸안고 만든 새들의 낙원 을숙도.
을숙도는 새들의 공화국, 새들의 유토피아다. 흐르는
바람의 등에 탄 철새를 먼저 유혹하는 것은 갈대의
농염한 허리춤과 손사래였을 것이다. 갈대는 삼각주
지하 깊숙이 저장된 퇴적층을 자양분 삼아 단체로 허
리를 세운다. 원형으로 퍼져나가는 갈대의 뿌리는 새
들의 먹이가 되고 숲은 은신처와 둥지를 틀 보금자리
구실을 한다. 그러니 갈대숲은 새들에겐 기막힌 이상
향이 되는 셈이다.

하지만 언제부터인가 사람들은 을숙도의 갈대를 베어내며 모래톱을 점령하기 시작했다. 그리고 새들에게 추방명령을 내렸다. 근대 이전까지만 해도 인간의 삶이 지금처럼 무자비하거나 폭력적이진 않았다. 일제의 강요에 의해 시작된 '근대의 삽날'은 인간과 자연의 공존을 무너뜨리기 시작했다. 갈대는 처참하게 '살해'되기 시작했다. 대대적인 수문공사를 시작으로 모래톱을 슬쩍 '동척'의 땅으로 둔갑시킨다. 그리고 알게 모르게 땅의 주인까지 바뀐다. 요산 김정한 소설가로 하여금 다시 붓을 들게 한 단편소설 「모래톱 이야기」*는 이곳에서 살아간 사람들의 가슴 아린

* 소설의 줄거리는 대충 이렇다. 이것은 20년 전의 경험담으로, K중학 교사였던 '나'는 나룻배 통학생인 건우의 생활에 관심을 갖게 된다. 건우가 살고 있는 섬이 실제 주민과는 무관하게 소유자가 바뀌고 있다는 얘기를 쓴 글을 읽는다. 가정방문 차 그 '조마이섬'으로 찾아간 날, 깔끔한 집안 분위기와 예절 바른 건우 어머니의 태도에서 범상한 집안이 아니라는 인상을 받는다. 거기서 '나'는 건우의 일기를 통해 그 섬에 얽힌 역사와 현재에 대해서 알게 된다. 주머니처럼 생긴 '조마이섬'은 일제 시대에는 동척(東拓)의 소유였고 광복 후에는 나환자 수용소로 변했다. 그것을 반대하는 윤춘삼 영감은 '빨갱이'라는 누명을 쓰기도 하였다. 그 후 어떤 국회 의원이 간척 사업을 한답시고 자기 소유로 만들어 버렸다. 논밭은 섬사람들과 무관하게 소유자가 바뀌고 있었던 것이다. 선비 가문의 후손임에도 건우네는 자기 땅이 없

이야기를 담고 있다. 아마 요산이 없었다면 그 작디작은 모래톱 이야기는 갈대와 함께 수몰되었을 것이다. 아니 영영 잊혔을 것이다.

난 오늘 그곳으로 간다. 엄원태 시인이 이월에 낙동강 하구를 찾았다면 난 북쪽의 철새들이 남하를 시작하는 시월에 간다. 거기서 엄 시인이 절망을 보았다면 난 희망을 찾으러 간다. 이월과 시월은 그런 의미에서 대척점을 이룬다. 을숙도 일대를 거닐면서 「모래톱 이야기」 속 화자인 '나'가 가정환경을 조사하기 위해 방문했던 길을 천천히 더듬어볼 작정이다. 건우의 할아버지 '갈밭새 영감'과 할머니가 살던 집이며

다. 아버지는 6·25때 전사했고, 삼촌은 삼치잡이를 나갔다가 죽었다. 어부인 할아버지 갈밭새 영감의 몇 푼 벌이로 겨우 생계를 유지한다. '나'는 돌아오는 길에 우연히 윤춘삼 씨를 만난다. 그는 '송아지 빨갱이'라는 별명을 지닌 인물로 과거 한때 '나'와 같이 옥살이한 경험이 있다. 그의 소개로 갈밭새 영감을 만나 그들의 삶에 대해 자세히 알게 된다. 그해 처서(處暑) 무렵, 홍수 때문에 섬은 위기를 맞는다. 둑을 허물지 않으면 섬 전체가 위험하여 주민들은 둑을 파헤친다. 이때 둑을 쌓아 섬 전체를 집어삼키려던 유력자의 하수인들이 방해한다. 화가 치민 갈밭새 영감은 그중 한 명을 탁류에 집어던지고 만다. 결국, 노인은 살인죄로 투옥된다. 2학기가 되었으나 건우는 학교에 나타나지 않는다. 황폐한 모래톱 조마이섬은 군대가 정지(整地)한다는 소문이 들린다.

갈밭새 영감이 '송아지 빨갱이' 윤춘삼 영감과 술을
마셨던 나루터의 술집도 찾아볼 것이다. 그렇게 을숙
도를 거닐다 보면 「모래톱 이야기」를 쓰기 위해 선생
이 직접 거닐었던 흔적을 발견할는지 모르겠다.

*

한때 을숙도 낙조를 배경으로 화려하게 비행하던
철새의 군무를 보면서 부산 시민들은 아득함에 젖기
도 했을 것이다. 그만큼 낙동강은 부산의 젖줄이요
을숙도는 어머니의 품속 같은 곳이었다. 그랬기에 사
람들은 틈만 나면 낙동강을 찾았고, 이곳 갈대숲을
거닐며 시대적 현실을 고민했을 것이다.

영화가 시작하기 전에 우리는/일제히 일어나
애국가를 경청한다/삼천리 화려 강산의/을숙도
에서 일정한 군(群)을 이루며/갈대 숲을 이룩하는
흰 새떼들이/자기들끼리 끼룩거리면서/자기들끼
리 낄낄대면서/일렬 이열 삼렬 횡대로 자기들의
세상을/이 세상에서 떼어 메고/이 세상 밖 어디

론가 날아간다/우리도 우리들끼리/낄낄대면서/
깔쭉대면서/우리의 대열을 이루며/한 세상 떼어
메고/이 세상 밖 어디론가 날아갔으면/하는데 대
한 사람 대한으로/길이 보전하세로/각각 자기 자
리에 앉는다/주저앉는다

—황지우의 「새들도 세상을 뜨는구나」 전문

낙조를 '빽' 삼아 하늘을 날던 새들의 군무. 박정희
정권의 서슬 퍼런 억압 때만 해도 얼마나 부러워하던
'자유'였던가. 극장 안에서 자유를 억압당하고 무기
력하게 자리에 주저앉는 경험을 하지 않았던가. 하여
을숙도는 전 국민의 희망이자, 저항의 상징이었다.

낙동강 가까이서 자라고 낙동강 가 농민들의
슬픈 생활의 내력을 알기 시작한 나는, 낙동강 물
을 마시고 낙동강 가 땅에 목을 매달고 살아온
민중을 잊을 수가 없었다. 민족에 관계되는 일을
생각하고, 글을 쓰고 싶을 때는 늘 이 강과 이 강
가 사람들의 일이 머리에 떠올랐다. 내가 학업을

중단하던 해는 양산 농민사건이 터졌던 때고, 조선일보에 발표됐던 「사하촌」을 쓰던 해는 김해 대저면 소작인 오백여 명이 끔찍스런 소작쟁의를 벌였을 무렵이었다. 이때도 낙동강 가 양산, 김해 농민들은 비웃*처럼 줄줄이 포승에 묶여 부산까막소로 끌려갔다. (중략) 낙동강에 관련된 이러한 내력을 잘 알고 있는 나는 해방 후에도 이에 대한 관심을 안 가질 도리가 없었다. 일인이 떠나고 국유재산이 된 낙동강 유역의 많은 땅들이 소작인 이외의 소위 유력자들의 이름으로 넘어갔다는 소문이 자자했다. 사실 그런 예가 없지 않았다. 그리고 일제 때 그들의 앞잡이가 되어 독립지사들과 민중을 괴롭히던 사람들이 버젓이 국회의원도 되고 높은 벼슬자리에 오르기도 했다. (중략) 나는 꿈같은 생각만으로써 글을 쓰는 버릇을 배우지 못했다. 발로써 쓰고 싶다. 낙동강 물이 공장 폐수로 시커멓게 변해가고 있는 것을 보고서도

* 청어를 달리 이르는 말

입 딱 닫고 있어라 해도 검은 것은 검다고 해야
직성이 풀린다. (중략) 내가 쓴 「모래톱 이야기」는
바로 이곳 사람들이 겪은 지나간 이야기였고, '황
폐한 모래톱 – 조마이섬을 군대가 정지하고 있
다는 소문이 들렸다.'는 구절이 작품의 끝이었다.
오늘의 이 낙동강변 이야기는 누가 어떻게, 써 줄
는지…….

—김정한, 「낙동강의 넋두리」, 『사람답게 살아가라』,
동보서적, 1985, 43쪽

「모래톱 이야기」의 서두에서 요산 선생은 밝히고 있
다. "이십 년이 넘도록 내처 붓을 꺾어 오던 내가 새삼
이런 글을 끼적거리게 된 건 별안간 무슨 기발한 생각
이 떠올라서가 아니다. 오랫동안 교원 노릇을 해오던
탓으로 우연히 알게 된 한 소년과, 그의 젊은 홀어머
니, 할아버지, 그리고 그들이 살아오던 낙동강 하류의
어떤 외진 모래톱 — 이들에 관한 그 기막힌 사연들조
차, 마치 지나가는 남의 땅 이야기나, 아득한 옛날 이
야기처럼 세상에서 버려져 있는 데 대해서까지는 차

마 묵묵할 도리가 없었기 때문"이라고 말이다.

소설 속 공간, 조마이섬은 그런 의미에서 '저항의 진지'다. 더군다나 주머니를 닮아 붙여졌다는 이름의 유래와 맹지면(鳴旨面)이란 지명과 건우가 학교에 오가기 위해 탔던 하단 나루터 등 지명까지 고스란히 나타나므로 선생은 분명 이곳, 을숙도를 배경으로 「모래톱 이야기」를 썼다. 다만 섬의 이름을 조마이섬으로 바꾸었을 뿐이다.

건우 가족은 선비 집안으로 이 섬에 흘러와 대대로 터를 잡고 살아왔다. 소설 속 화자인 '나'(선생이자 시인)가 '나룻배 통학생'인 건우에게 관심을 갖게 된 건 순전히 〈섬 얘기〉라는 짧은 글 때문이다. 건우의 글은 곧 조마이섬의 역사였던 것이다. 당신이 '모래톱 이야기'라고 제목을 붙였지만 사실 그건 일제시대부터 60년대까지의 을숙도의 숨겨진 역사나 마찬가지였다.

요산 선생은 낙동강변 사람들의 삶을 '찰가난'이라 명명한 적이 있다. 일찍부터 낙동강 강가에서 자랐고 성장하였으므로 총독부에서 실시한 '조선토지조사사업'으로 인해 갯벌과 갈밭이 동양척식주식회사 또는 일본인의 땅이 되어가는 것을 지켜보았다. 땅을 빼앗기고 울며불며 두만강을 건너 간도로 떠나는 사람들도 보았으리라. 그랬으니 응당 당신의 마음 중심에는 낙동강 강줄기가 차지하였을 것이고 강을 기반으로 살아간 민중들의 삶과 애환을 작품으로 형상화하지 않을 수 없었을 것이다. 사람들은 사라졌지만 칠백 리 강물은 여전히 살아 흐르고 있다. 하지만 낙동강 가의 애환마저 흘러가 버린 것일까. 아니다. 강가 사람들의 삶은 더 힘들어지는 중이다. 일본인보다, 전쟁보다, 더 무서운 '개발 광풍'이 여전히 불고 있기 때문이다.

*

한때 을숙도는 강과 바다가 만나 잉태한 푸른 삼각형이었다. 자연이 빚은 한 폭의 푸른 수채화. 하여 낙동강과 을숙도는 부산의 시인들에게는 상상력의 보고였다. 부산에 터를 잡은 시인 중에 을숙도를 노래하지 않은 시인이 없을 정도니까. 뿐인가. 부산을 찾은 전국의 문인들도 을숙도 광경에 시심(詩心)을 자극받아 시를 썼다. 그러니 을숙도는 우리 한국문학의 터전이요 온상이었다.

　　낙동강 하구는 천혜의 조건을 갖춘 몇 안 되는 습지이자 자연생태계의 보고였다. 민물과 바닷물이 교차하여 기수(汽水) 생태계를 형성한 이 특이한 서식지에는 풍부한 영양염류와 이를 먹이로 삼는 수많은 종류의 생물들이 살았다. 을숙도 주변에는 철새들이 새까맣게 수를 놓았고, 철새의 보금자리였던 갈대, 그 먹이인 게와 재첩 등이 지천이었으며, 모천을 오르내리는 회귀성 어족들이 풍부했다. 이 모든 것들이 건강한 먹이사슬을 이뤄 살아 있는 생태계를 형성했던 것이다. 그러니 고래로부터 이곳 사람들 또한 이런 생태계와 끈끈한 유대관계를 이루며 살 수 있었던 것이다.

—허정,「우리 시에 나타난 낙동강 하구」,『먼 곳의 불빛』, 창비, 2002

얼마나 새들이 많았으면 하늘이 새까맸을까. 하긴

'동양 최대의 철새 도래지'이기도 했으니 말해 무엇하랴. 환경운동연합 전시진 선생이 들려준 '낙동강 오리알'이라는 말이 잊히지 않는다. 그 주인공은 바로 이곳의 '흰뺨검둥오리'. 이 새는 원래 철새였으나 이곳의 풍부한 먹이로 인해 텃새가 되었단다. 그런데 그 오리의 수가 얼마나 많은지 번식기가 되면 온 천지가 오리알투성이였단다. 번식기에 태풍이 닥치거나 물난리가 나는 경우 둥지가 파손되어 알이 제 맘대로 이리저리 굴러다녀 '낙동강 오리알 신세'라는 말이 생겼단다.

이야기가 꼬였다. 아무튼 동양 최대의 철새 공화국이라는 명성은 이제 과거가 되고 말았다. 찾아오는 새들의 숫자도 줄었고, 갈대숲도 훼손되었다. 터전을 잡고 살던 사람들도 이젠 없다. 대신 살고 있는 것은 시멘트 건물뿐이다. 그 무뚝뚝한 건물 중 방패 역할을 하는 놈이 하구언 둑이다. 1983년 4월 23일에 기공하여 1987년 11월 16일 완공된 대형 시멘트 말뚝! 아니, 시멘트 바리케이드! 개발과 보존이라는 무려 13년간의 치열한 공방이 있었지만 허사였다. 아마 중

동사막에서 돌아온 건설 장비를 놀릴 수 없었으리라.
부산시민의 식수원인 물금양수장까지 밀려오는 바닷
물의 역류 방지와 농작물의 염해를 막자는 명분을 갖
다 붙인 중앙중심적 '악개발' 논리는 결국 부산시민
의 숙원사업이라는 가면을 쓴 채 '낙동강 항문 막기
공사'를 강행했다. 그리고 끝내 '물의 감옥'을 만들었
고, '강의 죽음'까지 야기하고 말았다.

　　물고기회 먹자고 낚시를 한다/주먹만한 붕어
몇 건져올린다/비늘 떨고 아가미 떨고/내장을 헹
구며 디스토마를 잡는다/둔각의 등뼈 마디마디
헤집어 수은, 납을 도려낸다/살점에 박힌 부영양
오물, 벙커A유 찌꺼기, 카드뮴을 걷어낸다/마침
내/초고추장 병을 열고/강내를 더듬는다/기억에
절은 손가락만 빨았다.

— 신진, 「강-물고기회」, 『강』, 시와시학사, 1994

　　물빛은 오염의 정도를 나타내기 마련이다. 보라, 물
빛이 얼마나 탁한가. 개발을 정당화하며 중얼거리던

'새와 갈대가 밥 먹여주냐?'는 말. 그런데 순천만을 보시라. 정말 새와 갈대가 밥을 먹여주고 있잖은가. 그런데도 한 치 앞을 내다보지 못하고 새들의 서울인 을숙도를 파괴하다니. 새와 갈대, 물고기가 살지 못하는 땅은 인간도 살지 못한다. 강과 물은 '한 몸'이다. 그런데 강과 물을 생이별을 시켜놓았으니 어찌되겠는가. 죽은 조개를 먹은 새가 연쇄적 죽음을 맞이하고, 죽음의 강물을 마신 물고기마저 기형이 되거나 폐사하면서 인간도 죽음의 물살에 휩쓸리지 않겠는가. 하여 을숙도는 '죽음의 땅', 아니 '죽임의 땅'이 되었다. 10개의 수문을 갖춘 하구언은 개방을 가장하고 있지만 이제 이곳은 물의 자유로운 흐름을 통제하는 공동묘지로 전락해 '낙동호수'가 되었다. 더군다나 물의 흐름은 자연 수로 내의 모래 퇴적층을 만들어 사상 등지에 상습침수지대라는 누명까지 덮어씌웠다. 신장 환자가 피 투석으로 연명하듯, 낙동강은 끊임없이 강바닥을 준설해야 겨우 목숨을 연명하는 처지가 된 것이다. 설상가상으로 그 위로 명지대교까지 '괴물허수아비'로 합세했으니 그나마 얼마 남지 않은 철새까지 내쫓게 되었다.

*

여기서 잠깐, 낙동강의 역사를 한번 살펴보자. 일제시대에 들어오면서 동양척식주식회사는 낙동강 일대의 침수지대에 제방을 쌓고 수문까지 단다. 그렇게 만들어진 것이 1931~1935년에 완공된 서낙동강의 대동(대저)수문과 녹산수문이다. 이 두 수문으로 인해 낙동강 물줄기는 확, 휘고 만다. 서낙동강이 막히면서 물이 동낙동강 쪽으로 흐르게 된 것이다. 그 결과 동낙동강 하류지역에 천태만상의 하중도와 모래톱이 다시 형성되기 시작한다. 그럼에도 불구하고 낙동강은 우리의 삶을 지키는 보루 역할을 포기하지 않았다. 알잖은가, 한국전쟁 당시 낙동강방어전투*라는 말처럼 자유 수호의 최후전선 역할을 했다는 사실을. '자유'를 지켜준 우리의 일등영웅 '낙동강 하사'. 하지

---

* 이 낙동강 방어선 일대에서 아군이 1950년 8월 4일 새벽 1시를 기해 전개한 방어전투로 미8군사령관 워커의 이름을 따서 일명 '워커라인'이라 부르기도 함

만 강이 지켜준 자유민주주의는 어떠했는가. 무자비한 자본의 힘 앞에 배신을 당하고 이전보다 더 큰 수난을 직면해 있지 않은가. 어쩌면 강은 지금 후회하고 있을지 모르겠다.

낙동강의 '푸른 진주' 을숙도는 자본의 모진 바람 앞에서 숨 쉬는 것마저 힘겨워했다. 1970년대 분뇨 처리장이 들어서자 일대는 구린내가 진동하게 되었고, 하구언 공사와 쓰레기 매립장까지 건립되면서 오염의 땅으로 둔갑했다. 그러고도 모자라 유채꽃단지, 골프연습장, 영화촬영소가 들어서면서 위락단지로 '역진화'하고 말았다. 에코센터는 그야말로 이 모든 음모를 가리기 위한 위장용일지 모른다. 어쨌거나 동낙동강마저 하구언에 의해 막혀 변비환자가 되면서 을숙도를 찾는 새의 수도 현격히 감소해버렸다. 10년 사이에 1/10로 줄었고, 철새들은 이제 급히 서해안의 천수만과 아산만, 금강, 만경강 등으로 비상 유턴을 감행 중이다.

뿐만 아니다. 을숙도에는 하구언을 관리하는 수자원공사 건물과 물문화관, 조수치료센터, 을숙도문화회관, 미술관 등의 건물과 만남의 광장을 위시한 각종 체육시설을 갖추고 있다. 하지만 지금이라도 늦지 않았다. 중병 신세라도 완전히 죽진 않았다. 하여 우리는 을숙도의 얼굴을 살펴야 한다. 그래야 처방이 가능하다.

우선 을숙도 북단부터 방문하도록 하자. 한때 훼손되지 않은 갈대숲이 있어 을숙도의 자연 생태를 한눈에 담을 수 있었던 곳. 그때 갈대숲에 앉아 보았던 날아가는 철새들과 붉은 노을은 얼마나 아름다웠던가. 하지만 지금은 생태공원으로 조성되면서 자연 상태의 갈대숲은 더 이상 찾을 수 없다. 그저 잘 닦인 탐방로 곁에 인위적으로 수로를 만들어 갈대 몇 대만 세워져 있을 뿐이다. 한때 갈대가 서로 키를 재며 서 있던 숲은 베어져 탐방로가 되었고, 탐방로 주변은 다시 다른 수목들에게 자리를 비켜주고 말았다. 그러다 보니 예전의 식물군락을 볼 수 없어 마음이 안타깝다.

북단 중간 즈음에 요산 선생의 「모래톱 이야기」의 문학적 배경이 된 곳이라는 표지석을 세운 적이 있다.

이는 요산 선생을 기리고 그 문학정신을 알리고자 함이었다. 하지만 세월이 흘러 표지석은 내려앉았다. 다행스러운 것은 생태탐사선 매표소 근처에 〈을숙도와 소설, 모래톱 이야기〉 안내판이 서 있다는 거다. 탐방로를 따라 걷다가 보니 건우와 화자인 '나'가 걷던 '갈댓길'이 떠오른다. 그리고 갈밭새 영감의 술 취한 목소리까지도.

"우리 거무*란 놈 말을 들으니 선생님은 글을 잘 썬다 카데요? 우리 섬에 대한 글 한 분 써 보이소. 멋지기! 재밌실 낌데이. 지발 그 썩어 빠진 글을랑 말고. 와 그 신문 같은 데도 그런 기 수타(많이) 난다 카데요. 남은 보릿고개를 못 냉기서 솔가지에 모가지들을 매다는 판인데, 낙동강 물이 파아랗니 푸르니 어쩌니 하는 것들 말임더. 하기싸 시인들이니칸에 훌륭하겠지. 머리도 좋고 선생도 시인 아입니꺼. 그런데 와 우리 농사꾼이나 뱃놈들의 이바구는 통 안 씨는기요?

* 건우의 별명. 필자의 생각에는 얼굴이 거미처럼 새까맣고 이름 또한 발음시 유사성으로 인해 붙여진 듯하다.

추접다꼬? 글 베린다꼬 그라능기요?"

건우 할아버지의 넋두리처럼 하구의 삼각주는 뿌리뽑혀 갈 곳 없던 가난한 사람들의 유일한 희망처였다. 그들은 이곳의 열악한 여건 속에서도 생을 다져왔다. 강과 바다로부터 홍수와 해일에 맞서고, 호롱불을 켜고 염분기 섞인 식수를 먹는 모진 고난 속에서 겨우 갈대처럼 뿌리를 내릴 수 있었다. 그들은 땅을 개간하여 파와 배추 등의 농작물을 재배하고 어장을 개척하여 장어와 재첩을 잡으며 가난을 헤쳐나갔다. 장어를 잡던 사내와 재첩을 건져 올리던 아낙은 다들 어디로 갔을까. 허정 평론가의 표현대로, "하구에 '철'골이 들어오고 놓이면서 주민들은 '철'새와 같은 '철'자 돌림의 '철'거민이 되고 말았다."

도로 맞은편 신호등이 최면술을 걸듯 깜빡거릴 때, 가로수 가지마다 수많은 전어 떼들이 몰려들었다//목격자에 따르면 사내는 낡은 운동화에 실려 넓은 횡단보도를 건너고 있었다고 했다 그는

도로 위의 하얀 수평선들이 심하게 출렁인다고
느꼈을지도 모른다 아스팔트는 느낌만으로도 충
분히 깊었으므로 사내는 풍덩 그 속으로 뛰어들
었다 그 순간 덤프트럭이 그를 마구 물어뜯었다
그의 삶에는 지느러미가 없었기에 그는 아스팔트
위에서 심하게 허우적거렸다 아스팔트는 그의 몸
부림마저 잠재워 버렸다 뒤늦게 구조대가 도착했
지만 그의 생은 더 이상 탐사되지 않았다//그는
조용히 도로 가장자리를 덮고 누워 있었다 그의
옆을 난파선 한 켤레가 둥둥 떠다니고 있었다

—이동호, 「신발 한 켤레」, 『조용한 가족』, 문학의전당, 2007, 64쪽

가로수 잎이 전어 떼로 보일 정도라면 사내는 분
명 전어를 잡던 어부였을 것이다. 하지만 바다를 잃
은 사내는 술을 마셨을 것이고 포도를 보는 순간 바
다의 수평선으로 착각했을 것이다. 그리고 이어진 불
의의 사고. 수평선을 갈망하는 그를 죽음으로 몰고
갔던 것은 착시였을까. 이 시처럼 배와 물을 떠난 이
곳의 어부 또한 어찌 삶을 제대로 영위할 수 있었을

까. 갈밭새 영감의 둘째 아들도 사모아 섬으로 참치 잡이를 나섰다가 바다에 수장된 것처럼 육지에서 난 파되었을 것이다. 당시 쫓겨난 주민은 을숙도 109세대(528명), 일웅도 42세대(156명) 등 수몰지구에 거주했던 752세대 3,514명이었다고 한다. 철거민에게 하천은 국유지였으므로 주민과 경작지에 제대로 된 보상이 있을 리 없었다. 그러니 숭어와 장어를 잡던 그물이며 배는 오죽하겠는가. 요산 선생은 그런 사람들의 삶을 미리 예견했는지 모른다. 그랬기에 20년 만에 붓을 든 이후 줄창 낙동강 가 사람들의 이야기를 소설 속 주인공으로 불러들였고, 끝내 '낙동강 파수꾼'이 되었던 것이다.

「유채」(1968), 「수라도」(1969), 「뒷기미나루」(1969), 「독메」(1970), 「산서동 이야기」(1970) 등 가슴에 저며 둔 이야기들은 활화산같이 폭발하여 모두 이 강을 타고 도도히 흘러갔다. (…) "마치 지나가는 남의 땅 이야기나, 아득한 옛날 이야기처럼 세상에 버려져 있는" '기막힌 사연들'을 낙

동강은 간직하고 있는 것이고 요산은 거기에 대
해서조차 묵묵할 도리는 없었던 것이다. "낙동강
하류의 어떤 외진 모래톱"의 이야기는 하나의 사
연, 한 가족의 애환을 넘어 민중의 그것이기도 하
다는, 그리고 마침내 역사의 아픔과 진실을 담아
내야 한다는 사명감으로 다가와, 요산은 예순에
이르러 다시 작가로 태어난 것이다.

—조갑상, 『이야기를 걷다』, 산지니, 255쪽

북단의 낙동강과 어깨동무를 하며 따라 올라가면
너덜 같은 돌무더기가 나타난다. 모래톱을 보호하기
위해 인공으로 조성한 방제물이다. 「모래톱 이야기」에
도 처서에 내리기 시작한 비는 사흘째부터 폭우로 변
해 끝내 낙동강을 범람시킨다. 물길을 돌리려고 막아
놓은 둑을 허물었던 갈밭새 영감. 제지하는 하수인을
탁류에 밀어버림으로써 영감은 끝내 '까막소'행이 된
다. 그러니 건우 또한 학교에 나타나지 않는 것은 당
연하다. 그렇다면 이런 사건을 요산 선생이 그냥 머릿
속에서 꾸며낸 것일까. 아니다. 이곳 사람들에게는 늘

당해오던 재난이었다. 다만 당신이 누구보다 먼저 눈을 돌리고 살을 입혔을 뿐이다. 그러니 지금이라도 그런 재난을 입지 않기 위해서는 이런 방제물을 쌓는 일도 필요하리라. 언젠가 이곳에도 모래가 틈을 메우고 또 그 위에 흙이 쌓이고 갈대가 허리를 세우리라.

탐방로는 철조망 앞에서 왼쪽으로 급격히 꺾인다. 멀리 포장된 도로가 보인다. 저 길을 따라 가면 강서구 명지동이다. 어쩌면 건우도 이쯤에서 명지를 바라보곤 했을 것이다. 고개를 들어 을숙도 남단을 바라본다. 에코센터에 가서 멀리 다대포구와 하중도인 대마등, 맹금머리등, 백합등, 장자도, 신자도, 진우도를 보고 싶다. 하지만 철새공원으로 조성된 남단지역은 철새와 습지보존지구라 일반인의 출입이 제한적이다. 그러니까 그곳의 주인은 철새와 갈대인 셈이다. 철새공원은 5명 이상 신청하면 전동카트를 이용해 생태탐방은 가능하다. 하지만 그러기에는 시각이 너무 늦었다. 더군다나 야간에는 철새들을 배려해 공원 출입마저 불가능하다지 않은가. 그러니 이쯤 해서 발걸음을 접을 수밖에.

*

강은 모성이다. 모든 생명을 포용하는 너그러움, 그래서 강은 어머니의 품이다. "속절없이 하구언에 갇혀서 통곡 한번 못하고 썩어만 가는 저 눈물의 흰 뼈를 보라"고 이상개 시인이 외친 것도 어미 같은 이곳을 잃고 싶지 않아서이다. 이제 이곳 낙동강 하구에 철새를 부르고 을숙도를 살리는 일은 우리 모두의 몫이다. 부산문학을 살리는 길이다. 을숙도야말로 부산시민에게는 특별한 장소애(Topophilia)가 깃든 곳이 아니던가. 비록 어머니 살 속 같은 모래펄도 밟으면 검은 물이 찌익 올라올 정도로 상하고 말았지만 그래도 우리는 을숙도를 잊어서는 안 된다. 남아 있는 희망을 보기 위해서라도 을숙도의 현실을 노래해야 한다. 을숙도는 우리들의 정서적 안식처이자 희망이기 때문이다. 희망을 포기하기에는 아직 늦지 않았다.

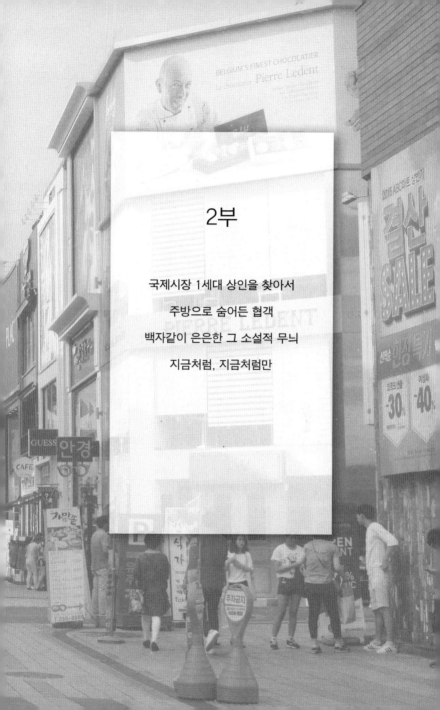

2부

국제시장 1세대 상인을 찾아서

주방으로 숨어든 협객

백자같이 은은한 그 소설적 무늬

지금처럼, 지금처럼만

국제시장 1세대 상인을 찾아서

상인을 찾아서

-김진상 할아버지의
생애에 부쳐

요즘은 물건만이 아니라
이야기도 같이 팔아야 하는 세상이잖아,
안 그래?

"국제시장엔 없는 물건이 없어. 사람마저 팔고 사는 인력시장까지 있으니 한마디로 탱크 빼고는 다 살 수 있다는 소문까지 나돌았지. 그러니 시장 규모를 언급하면 뭐해, 말하는 사람 입만 아프지. 아니 우리나라에 이만한 크기의 시장이 어딨어? 아마 구경삼아 돌아다녀도 반나절 이상은 걸릴걸? 사람이 만들 수 있는 물건들은 죄다 모여 있으니 새벽부터 사람들의 발길이 끊이질 않았지. 여기선 새벽이 대낮인 셈이었어. 대구를 위시해 마산, 창원, 거제, 경주, 심지어 울산에서까지 상인들이 몰려왔으니까 영남지역 상권을 국제시장이 쥐락펴락했다고 보면 돼. 그러니 뭐 안 되는 장사가 있었겠어? 사람들이 오면 물건만 사나, 어디? 온 김에 이발도 하고 목욕도 하고 병원도 들르고 밥도 먹고 술까지 마시고, 심지어 잠까지 자기도 했으니 이 바닥에서 쌈짓돈 털고 나가는 거지. 그때 뭐 지금처럼 교통이 좋지 않았으니 하루 이틀 묵는 건 예사였지. 이런 상세(商勢)가 무너진 건 아마 80년대 들어서일 거야. 안 그래도 교통편이 발달하고 곳곳에 시장이 생기면서 도매상인들의 발걸음이 전만 못해

졌지. 근데 때마침 전두환 대통령이 정권을 잡은 후 해외여행 자율화까지 선언하는 바람에 외제 물건까지 된서리를 맞게 된 거야. 지금이야 확실히 예전 같은 성황은 아니지. 하지만 부산 경제를 책임진 '명실공히' 1번지였던 곳이 국제시장인 건 분명해. 나? 내가 국제시장과 인연을 맺은 건 아마 열 살 되던 해였던가 그래. 물론 그때까지만 해도 나야 뭐 부관연락선을 타고 일본으로 가기 위해 그냥 스쳐 지나가는 정도로만 여겼지, 여기서 평생을 보낼 줄 누가 알기나 했겠어? 이게 다 내 운명이고 팔자인 건지도 모르겠고."

네 살 되던 해의 가을, 그의 고향인 경북 영주의 강촌마을에서도 추수로 바쁜 나날을 보내고 있었다. 하지만 몸이 좋지 않은 엄마는 점심밥을 해놓은 다음 다시 방에 누워버렸다. 늘 누워 지내는 엄마였기에 그날도 그러려니 했다. 그때 동네 사람이 달려오면서 외쳤다. 집에 퍼뜩 좀 가보소, 진상이 어매가……. 할머니는 사태를 짐작했다는 듯이 그를 보며 울먹였다.

불쌍한 이눔을 우짜누, 이눔을 우짜누! 목놓아 우는 외할머니를 그는 이해할 수 없었다. 그렇게 돌아가신 어머니의 장례는 너무 조촐했다. 돈 벌러 일본으로 건너간 아버지는 끝내 나타나지 않았다. 엄마가 산으로 옮겨 누운 다음 날, 그도 외가로 잠자리를 옮겨야 했다.

외가 식구는 대가족이었다. 삼촌과 사촌, 심지어 오촌까지 모여 살았다. 그를 힘들게 하는 것은 오촌 아이들이었다. 아이들의 괄시와 모멸을 처음에는 그러려니 하고 받아들였다. 하지만 시간이 지날수록 괴로움은 줄어들기는커녕 커져만 갔다. 이제는 볼 수 없는 어머니보다 일본에 있는 아버지만 떠올렸다. 그렇게 아버지가 돌아오기를 여섯 해나 참고 기다렸다. 어느새 열 살이 된 그. 학교에 가야 했지만 외가에서 학교에 보낼 여력이 없었다. 그러던 어느 날, 일본으로 가는 사람이 생겼다. 인근 마을의 청년이었다. 돈을 벌기 위해 아버지가 있는 후쿠오카로 간다고 했다. 그가 남자를 따라나서기 전, 외할머니가 잊지 말라며 아버지의 함자와 어머니의 기일을 알려주었다.
그 남자를 따라 부산으로 향했다. 일본행 연락선을
타야 했지만 여권이 없어 부산에서 하루를 더 묵어야
했다.

"남자를 따라 부산에 첫발을 내디뎠을 때만 해도
딴 세상에 온 것만 같았어. 우리와 다른 일본식 주택
과 기모노를 입고 게다를 신은 사람들 천지였으니까.
뒤에 알고 보니 거기가 일본인 주택이 밀집해 있던 왜
인들의 거주지, 서정(西町)이었어. 한때 초량왜관 서관
이 서 있던 곳으로 일제강점기엔 일본인 주택이 들어
선 거지. 그때 어린 난 낯선 풍경 앞에 장차 펼쳐질 기
구한 운명은 생각지 못하고 주위를 두리번거리기 바
빴어. 승선을 위해 신원확인 절차를 밟는 데에만 하
루가 걸린다니 얼마나 좋은 기회야? 덕분에 조선 최
초의 공설시장인 부산일한시장, 지금의 부평시장도
실컷 구경했지. 국제시장보다 역사가 오래된 시장이
부평시장이니까. 지금 우리가 부르는 국제시장은 엄
밀히 말하자면 신창시장이야. 부평시장과 국제시장

사이에 깡통시장이 있는 거고. 옛 미화당백화점 있는 주변이 창선시장. 그러니까 국제시장은 이 네 시장을 싸잡아 부르는 이름인 거지, 편하게."

관부연락선에 오르자 그는 낯선 이국땅으로 간다는 것도 잊은 채 갑판 이곳저곳을 나부댔다. 아버지만 만나면 학교도 가고 업신여김도 당하지 않을 터였다. 배를 탄 지 열두어 시간 만에 후쿠오카에 도착했다. 하지만 부두에 마중 나온다던 아버지는 보이지 않았다. 선객들은 하나둘 부두를 떠나갔지만 그는 부두에 묶인 채 꼼짝할 수 없었다. 기다리다 지친 남자는 그의 양 소매에 아버지의 이름과 주소를 적어놓고 떠나버렸다. 낯선 언어, 이상한 복장을 한 사람들과 북적이는 대합실. 그는 혹 중년의 사나이가 지나치기라도 하면 아버지인가 싶어 구겨진 옷소매를 펴곤 했다. 다시 해가 이울었지만 아버지는 나타나지 않았다. 그때, 누군가가 그의 앞에 멈춰 섰다. 이 사람이 내 아버지인가. 아버지? 하지만 중년의 남자는 아버지가 아니었다. 조센징? 헤이, 쓰이테코이! 남자가 외쳤다. 제복을 입은 남자는 그다지 나쁜 인상을 주지 않았다. 해서 남자를 따라갔다. 몇십 개의 마을을 지나고 몇 명의 손에 인계된 다음에야 어느 집 앞에 당도할 수 있었다. 마루에 시커먼 남자가 서 있었다. 상상만 했던, 얼굴 한번 보지 않은 아버지였다. 그런 아버지를 찾아 먼 길을 왔기에 보자마자 눈물이 쏟아졌다. 아버지, 하고 부르려는 순간이었다. 방에서 웬 아낙과 계집애 하나가 고개를 내밀었다.

새엄마는 그를 볼 때마다 허벅지를 꼬집었다. 처음에는 짓궂은 장난이려니 했다. 하지만 부친이 없을 때는 더 세게 꼬집었다. 시키는 대로 집안일을 하고 심부름을 했지만 큰소리와 쌍욕까지 먹이는 것도 예사였다. 외할머니한테 가고 싶었다. 하지만 혼자서는 돌아갈 수 없는 먼 길을 왔음을 알았기에 참을 수밖에 없었다. 그는 외가에서 오촌 때문에 한뎃잠을 잤듯이 아버지 집에 왔지만 한뎃잠을 자야만 했다. 그러던 어느 날, 아버지가 그를 늙은 게이샤에게 데려갔다. 당시 일본도 전쟁으로 남자와 일손이 귀할 때였다. 게이샤 집에서 허드렛일을 거들며 지냈다. 일 년쯤 지났을까. 아버지가 찾아왔다. 너무 반가워 아버지! 하고 달려갔다. 하지만 아버지는 안아주기는커녕 엉뚱한 말만 무뚝뚝하게 내뱉었다. 하따, 이놈의 짜슥. 잘 묵고 잘 지내는갑네? 조선 때가 벗겨져 얼굴도 허여이 보기 좋구만? 그러고는 곧장 게이샤를 찾기 바빴다. 얼마 뒤, 방을 빠져나온 아버지는 그에게 잘 지내라는 말만 남긴 채 떠나버렸다. 같이 집에 가자는 말을 하지 않아 서운했다. 그래도 울지 않았다. 하지만 게이샤의 말을 들은 뒤, 그는 울지 않을 수 없었다. 너의 아빠 정말 나쁜 사람이다, 양자로 줄 때는 언제고 돈을 달라니 그게 무슨 심보니, 정말. 그는 무슨 말인가 싶어 눈을 흡떴다. 20원을 달라고 해서 줬다, 그러니 넌 이제 내 아들이 아닌 머슴이다! 알겠니? 그 말을 듣는 순간 눈물이 그냥 줄줄 흘러내렸다.

도망치듯 게이샤의 집을 뛰쳐나와 도착한 곳이 이즈카였다. 그는 그곳에 있는 자그마한 비누공장에 취직했다. 공장 일이 힘들었지만 견디지 못할 정도는 아니었다. 게다가 주인 내외 사이에 그와 동갑인 딸이 있어 좋았다. 낯선 곳에서 처음으로 얻은 친구. 그녀 덕분에 웬만한 일본어도 익힐 수 있었다. 어느 날 공장주인이 말했다. 무엇이든 기름은 잿물만 부으면 비누가 된다, 이 말 절대 잊지 마라. 비누의 원리보다는 그와 동갑인 주인 딸과 함께 마을에 있는 학교 강당에 가는 날이 더 기다려질 정도였다. 헌데 호사다마(好事多魔)라고 했던가. 어떻게 그의 거처를 알아냈는지 부친이 또 찾아왔다. 그리고 50원을 가져갔다. 당시 쌀 한 되에 12전 내지 13전 할 때였다. 큰돈이었다. 아버지가 찾아온 이후 주인의 태도가 싹 달라졌다. 눈에 거슬리거나 밥을 먹다가도 조센징, 조센징, 해댔다. 조센징이라는 말이 너무 듣기 싫어 괴로웠다. 열세 살의 그는 그제야 일본인과 조선인이 씨가 다른 종족이라는 걸 알아챘다. 조센징이라고 차별받는 것을 거부하고 싶었고, 또 조센징으로 태어난 게 후회스러웠다. 정체성으로 방황하고 있을 때, 일본 안주인이 말했다. 여기 있으면 또 찾아와 네가 번 돈을 가져갈 테니 과자공장으로 가렴. 내가 소개해줄게.

　과자공장 주인은 아들을 죄다 전쟁터에서 잃은 뒤라 그에게 잘해주었다. 마치 양자로 온 듯 착각할 정도였다. 그는 거기서 과자를 만드는 기술을 익혔다. 색깔사탕을 만드는 거며 빵, 심지어 빵에 들어가는 소를 만드는 방법까지. 3년 가까이 과자공장에서 보냈다. 주인은 좋았지만 문제는 가정부였다. 그녀는 빽하면 그에게 등을 밀어달라고 요구했다. 처음에는 들어주었다. 하지만 가정부는 계속 알몸을 내밀며 그를 욕실로 불러들였다. 일개 가정부마저 조센징이라고 멸시하나 싶어 더 이상 시키는 대로 하고 싶지 않았다. 하루는 완강히 거절하자 가정부가 그의 뺨을 쳤다. 대들고 싶었지만 조센징이었으므로 참았다. 며칠 뒤, 어떻게 알았는지 아버지가 과자공장으로 찾아왔다. 주인이 나를 부르더니 너의 오또짱이 100원 가져갔다고 했다. 그러면서 오또짱은 아주 나쁜 사람이라고 혀를 찼다. 열심히 일한 돈을 가로채는 아버지. 그런 아버지가 미웠다. 과자공장에 계속 있고 싶었지만 아버지 때문에 그만두지 않을 수 없었다. 친절하게도 과자공장의 주인은 어느 한갓진 어촌에 위치한 과수원에 그를 소개해주었다. 거기서 과수도 기르며 농사일도 배우라면서.

과수원집 아줌마는 성품이 고왔다. 덕분에 아버지 몰래 거기서 몇 년을 숨어 살다시피 하며 일할 수 있었다. 문제는 아버지의 눈을 피할 수는 있었지만 일이 지루하다는 거였다. 다시 과자공장으로 돌아가고 싶었다. 하지만 그럴 수 없었다. 그 사이에 그는 이미 턱 밑이 거뭇거뭇해진 청년으로 변해 있었던 것이다. 그는 밤마다 무거워진 아랫도리 때문에 용두질을 쳐야 했다. 그때, 마을 입구에 대동아전쟁 해병지원군을 모집한다는 공고를 보았다. 무엇보다 보수가 마음을 끌어당겼다. 그는 머뭇거림도 없이 지원서를 썼다. 그가 속한 지원대는 13개 면의 지원자 중 선발대인 셈이었다. 머리를 깎고 입소식을 마친 후, 다음 날부터 곧장 훈련에 들어갔다. 훈련은 견딜 만했다. 하지만 밤중에 깨워 물에 빠뜨리는 생존훈련만은 정말 참기 힘들었다. 기상을 하면 갑판 가에 나란히 서게 한 다음 발로 차서 바다에 밀어넣었다. 검은 바다에 파도가 너울져도 조교의 명령은 한 치도 망설임도 없었다. 저기 멀리 보이는 빨간 전구가 비추고 있는 곳까지 선착순! 말이 떨어지기 무섭게 그는 헤엄치기 시작했다. 누구보다 빨리 도착하고 싶었고, 누구에게도 지고 싶지 않아서였다. 온 힘을 다했다. 그가 일등으로 도착하자 장교가 그의 어깨를 토닥이며 격려해주었다. 다음 날, 그 장교가 그를 불렀다. 자네는 조센징이 아닌가, 조센징은 대일본제국의 해군이 될 수 없네. 일주일 만에 그는 퇴소명령을 받았다. 하지만 어쩌면 그게 외려 다행이었는지 모른다. 그때 입소한 벗들은 거의 전사하였으므로.

"그때 입소한 동기 중 살아남은 양반 하나를 우연히 국제시장 골목에서 만났지 뭐야. 일본사람들 여기 많이 찾아오잖아? 그 양반도 관광차 부산에 온 거였어. 늙었지만 그 양반을 보는 순간 머릿속에 이름이 스치는 거였지. 그래서 처음엔 긴가민가하고 그냥 이름을 불러봤어. 그런데 진짜 그 친구인 거야. 때마침 내 집에서 가까운 부산호텔에 묵고 있어 우리는 밤새도록 옛이야기를 나눌 수 있었지. 그래서 알게 된 거야, 다들 죽었다는 걸. 한데 그 친구의 얘기 중에 그때 내가 훈련소에서 받은 금실로 장식한 일등 우승 깃대를 아직 면에서 보관 중이라잖아. 그 말을 듣는 순간 얼마나 가슴이 울컥거리던지."

전쟁으로 인해 남자가 귀해지자 일본에서도 조혼 풍습이 퍼지고 있었다. 그 바람에 그 또한 마을의 일본여자 하나를 소개받았고 정혼까지 약속하게 되었다. 어차피 조선으로 돌아가봤자 그를 반겨줄 이가 없었으므로 이 땅에 뼈를 묻을 각오였다. 그때, 히로시마에 어마어마한 괴력을 가진 폭탄이 터졌다는 소문이 돌았다. 이어 일본 천황의 항복 선언이 라디오 전파를 탔다. 해방이 됐다며 조선인들은 하나둘 귀국선을 타기 시작했다. 하지만 그는 갈등에 휩싸였다. 조센징이므로 떠나야 했지만 정혼을 한 여자가 있으므로 남아야 했다. 흔들리는 모습을 보이자 정혼한 여자가 말했다. 조선인들은 지금 흰쌀, 수수쌀로 나누어 난장판이라 3년 안에 전쟁이 날 거라고. 그러면서 그녀는 그를 만류했다. 그는 그녀에게 말했다. 돌아가셨다는 외할머니며 어머니 묘소만 돌아보고 오겠다고, 아무 걱정 말라고.

"본의 아니게 그녀에게 거짓 아닌 거짓을 말하게 된 셈이지. 하지만 이제 와서 진심을 밝힌들 뭐해, 다 지난 일인걸. 귀국선을 타고 부산항에 내리자마자 곧장 고향으로 달려갔어. 한데 있어야 할 어머니 묘소가 흔적도 없이 사라진 거야. 게다가 외가 식구들마저 고향을 떠난 바람에 핏줄 하나 없는 쓸쓸한 곳으로 전락해버렸더구먼. 해서 부산으로 도로 오게 된 거지. 그땐 몰랐는데 다시 와보니 왜인 거주지는 급하게 일본인들이 빠져나가서 그런지 일대가 완전히 무질서 상태였어. 더군다나 미군의 공격을 대비해 일본놈들이 이미 소개를 해버렸으니 무주공산이 따로 없었지. 주인 없는 적산가옥이야말로 먼저 들어가 눕는 놈이, 아니 뺏는 놈이 임자였어. 거기에 나 같은 귀환동포들까지 우르르 몰려드니 자연스레 시장까지 형성되었지. 그게 바로 이곳 국제시장의 출발인 거나 마찬가지야. 인근에 부평시장까지 있었으니 입지조건으론 안성맞춤이 따로 없었고."

　본국으로 귀국하려던 일본인들도 예상치 못하게 장기간 머물면서 가지고 있던 물건들을 내다 팔지 않을 수 없었다. 그들의 고리짝 하나를 5원에 낚아채 10원에 되파는 장사치들도 몰려들었는데 고리짝의 내용물에 따라 '대박'과 '쪽박'의 희비가 엇갈리기도 했다. 그러다가 부산에 몰려든 10만 명의 귀환동포들이 내놓는 물건들과 불법으로 빼낸 미군정의 구호물자들마저 우르르 쏟아져 나오면서 장사꾼들은 '도리(取る)'를 하려고 정신없는 쟁탈을 벌였다. '돗대기' '도떼기' '돗다' 시장이란 말이 나온 것은 이때다. 야바위꾼은 물론 힘쓰는 '돗대기 어깨'가 즐비했다. 그런 돗대기시장이, 어감이 좋지 않아 1948년 자유시장으로 불렀다가 이듬해 국제시장으로 바뀌었다. 파란 눈의 미군, 마카오 양복의 신사, 다 떨어진 핫바지의

지게꾼, 형편없는 몰골의 거지와, 미군 부대 물건들이 넘치는 그야말로 인터내셔널한 시장이 된 것이다. 조국이 처한 표정이 그대로 드러난 셈이라고나 할까.

부산에서 귀국한 아버지와 재회했다. 아버지는 이곳에 집과 땅을 사는 것이 좋다며 그를 부추겼다. 고민하다가 아버지를 믿고 수중에 꼭꼭 감춰둔 전 재산 200원을 건넸다. 어리석게도 그때 그는 알지 못했다. 등기라는 제도가 자신의 소유임을 증명하는 합법적인 방법이라는 것을. 알고 보니 구입한 집은 그의 명의가 아니었다. 아버지가 그를 속였던 것이다. 그에게 동의도 구하지 않고 팔아버린 집. 그는 집을 나와 방황했다. 작은 바람이 스쳐도 온몸이 아팠다. 차라리 그녀가 있는 일본으로 돌아가고 싶었다. 하지만 그녀가 있는 일본으로 돌아가든 그렇지 않든 돈은 필요한 처지였다. 하여 장사 궁리를 내지 않을 수 없었다. 그때 버려진 상어의 창자들을 발견했다. 상어 간은 기름덩어리다, 저 덩어리에 잿물만 붓는다면 금방 비누를 만들 수 있다. 기회는 항상 방문을 노크하진 않는다, 때맞춰 붙잡지 않으면 도망간다. 그는 그 사실을 경험을 통해 잘 알고 있었다. 한적한 바닷가에 판자를 구해 얼기설기 공장을 지었다. 그리고 비누를 만들어 시장에 내다 팔기 시작했다. 당시만 해도 비누가 귀한 시절이었으니 재미가 쏠쏠했다. 일본에서 배운 작은 비법 하나가 그를 살린 셈이었다. 그는 재료를 사고 남은 돈은 차근차근 모으기 시작했다. 한데 때아닌 불청객이 찾아들었다. 힘깨나 쓰는 깡패들이었다. 그는 그들의 등쌀에, 헐값을 받고 공장과 비법을 넘겨주지 않을 수 없었다. 혼란기였으므로 그들은 무서울 게 없는 무리였다.

미군정이 시작되자 부산항으로 원조물자가 들어오기 시작했다. 물자를 수송할 도로와 공간이 필요했다. 미군은 적산가옥을 점유하고 있던 사람들을 쫓아냈다. 그리고 가옥을 허문 뒤 원조물자를 쌓기 시작했다. 그렇게 형성된 일만여 평의 부지. 그 땅이 지금의 국제시장 터전이 됐다. 미국이 지원한 밀가루가 시장바닥에 나돌기 시작했다. 그는 그 밀가루를 이용해 빵을 만들었다. 빵 만드는 기술이야 이미 일본에서 익혔으니 망설일 이유가 없었다. 목수를 찾아가 빵 만드는 틀부터 짰다. 그런 다음, 빵을 만들어 지금의 국제시장 6공구 근처에 나가 팔기 시작했다. 사람들이 배고플 시간인 아침과 저녁 때를 맞추었다. 빵이 없어 못 팔 지경이었다. 장사가 쏠쏠하다는 소문을 어떻게 알았는지 보이지 않던 아버지가 나타났다. 외삼촌을 위시해 친척들도 찾아왔다. 그러고는 이런저런 사정을 호소하며 돈을 빌려달라고 호소했다. 돈이 있다는 걸 알고 있으니 빌려주지 않을 수 없었다. 그런 어느 날이었다. 어둑해질 즈음 낯선 남자 둘이 그를 찾아왔다. 그리고 예리하고 작은 칼로 협박하며 자리를 내놓으라고 겁박했다. 니주구리 씹창이 나지 않으려면 알아서 해! 무서웠다. 자리뿐만 아니라 빵까지 팔지 못하게 하다니. 그렇다고 그를 도와줄 사람은 아무도 없었다. 결국 수레를 넘겼다.

정혼한 여자의 말은 사실이었다. 시장 골목마다 전쟁이 발발했다는 소문이 바람맞은 플라타너스 잎처럼 삽시간에 깔렸다. 서로의 마음 다르고 서로의 상처 다르듯, 각양각색의 사연을 간직한 사람들이 전국 각지에서 이곳으로 모여들기 시작했다. 시장통은 몰려든 사람들로 북적였고, 인근 야산은 담 쌓듯이 판잣집이 차곡차곡 들어서기 시작했다. 전쟁은 쉬 끝나지 않았다. 사람들은 끊임없이 밀려왔다. 한데 그들은 돈이 있어도 집을 구하지 못해 안달이었다. 둘러보니 죄다 사고 팔 땅과 집이 지천이었다. 그는 부동산중개업에 뛰어들었다. 부동산중개가 생애의 마지막 직업이 될 거라곤 생각지 못할 때의 일이었다. 그는 발품을 팔며 이리 뛰고 저리 뛰면서 전쟁의 시기를 견뎠다. 그리고 사람들이 학수고대하던 휴전이 선포되었다. 휴전선이 그어지고 피란 왔던 일부는 이곳을 떠났다. 하지만 이북에서 온 피란민들만은 발이 묶이고 말았다. 주둔하던 미군마저 철수하기 시작했다. 군수물자가 쌓여 있던 자리에는 조합이 결성되어 시장 건물이 들어섰다. 새로운 상가. 그게 바로 지금의 국제시장 상가건물이다.

"알다시피 오늘의 국제시장 규모로 커진 건 한국전쟁 때부터라고 보면 돼. 전국 팔도사람들의 전시장이라 부를 만큼 죄다 모여들었으니까. 용두산과 국제시장 일대는 피난민들의 거대한 판자촌으로 뒤덮여버렸지. 그러니 화기에 얼마나 약했겠냐구. 뻑하면 불이었지. 불난리 중에서도 1953년 1월 30일에 발생한, 흔히 부르는 국제시장 대화재가 규모가 제일 컸어. 불씨가 죽고 보니까 이 시장 전체가 거의 시커먼 재더라고. 사람들은 아우성치고 물건 하나라도 건지려고 불 속으로 뛰어들고 한마디로 생지옥이었지. 그때 타버린 집이 1,600여 채, 이재민만도 8,500명이 넘었다다군. 암튼, 전란의 와중에 국제시장 상권은 맨손으로 월남한 '이북파'와 '서울파'가 싸악 장악해버렸어. "일가친척 없는 몸이 지금은 무엇을 하나. 이내 몸은 국제시장 장사치기다"라는 노래가사처럼 국제시장은 피난의 종착점이자 새 삶의 출발지로 너도 나도 장사치가 될 수밖에 없었지. 파는 물건이야 별것 있었나. 생필품이나 미군 군수품이 거의 다였지. 미8군 부대는 지금의 자갈치시장 터에 주둔하고 있었어. 거기에 전차역이 있었으니까. 미군 헌병들은 뻑하면 나와서 단속을 해댔으니 뺏고 뺏기는 게 그때는 그냥 일상이었지. 그렇다고 장사를 안 할 수가 있어? 먹고 살아야 할 판에?"

세월이 빠르게 흘렀다. 박정희 장군이 쿠데타를 일으켰다. 그런 뒤, 그에게 반가운 소식이 날아들었다. 박정희 정권이 한일국교를 정상화한다는 거였다. 막혔던 바닷길이 열리자 일본에 있을 그녀 생각이 났다. 보고 싶었다. 하지만 그런 마음도 잠시였다. 시간이 너무 흘렀음을 알아챘던 것이다. 아마 지금쯤 그녀는 다른 남자와 가정을 이루고 아이까지 낳았을 터였다. 체념한 후 다시 부지런히 발품을 팔았다. 덕분에 시장통 한구석에 부동산중개업 간판을 단 건물을 마련할 수 있었다. 내 집을 얻었지만 혼자 먹는 밥은 힘들었다. 그도 어엿한 가정을 꾸리고 싶었다. 찻집에서 지인의 소개로 한 여자를 만났다. 여자의 찰지고 잡티 하나 없는 목소리를 듣는 순간 그는 결심했다. 이 사람의 가슴에 내 모든 상처를 묻으리라고. 늦은 나이에 맞이한 아내는 참했다. 물크러진 과일같이 볼품없는 그를 넉넉한 품으로 안아주었고 아이들까지 쑥쑥, 잘 낳아주었다. 그래서 얻은 자식이 칠 남매. 녀석들이야말로 누구도 뺏을 수 없는 그의 귀한 보물이었다. 보답이라도 하듯 아이들은 좁은 집에서 태어나서도 건강하게 자라주었다. 아이들이 제 뼈마디를 늘릴수록 그의 이마에는 주름살만 늘어갔다.

흐르는 세월을 시장도 피해 갈 수는 없는 모양이었다. 그와 함께 시장도 활력을 잃어갔다. 인근 소도시의 지역경제가 활성화되면서 다른 지역의 상인까지 발길을 끊었다. 거기에 대형백화점과 마트까지 우후죽순으로 생겨나니 아무리 대규모 시장이라 할지라도 버텨낼 재간이 없었다. 시장의 침체는 끝이 보이지 않았다. 시장 사람들은 한숨만 내쉬며 성황을 이루던 과거만 되씹어댔다. 그런 시장이 최근 들어 다시 기지개를 켜는 중이다. 시장을 현대화하면서 일본, 중국, 러시아 관광객들이 쇼핑 메카로 찾고 있기 때문이다. 어쩌면 이제야 인터내셔널이라는 이름에 걸맞게 글

로벌시대의 수문장으로서의 역할을 다시 도맡게 될지 모르겠다. 그러면 이곳은 다시 예전의 명성을 되찾을 수 있을까.

"종전 후의 허무주의는 퇴폐와 사치로 치달아 사치품 밀수가 극에 달했지. 마카오, 홍콩, 대마도에서 온 밀수품이 트럭째로 들어올 정도로 이곳은 한국 밀수품 거래의 본거지로 변해갔지. 항간에 부산을 밀수도시라고 부르기도 했는데 그게 다 여길 두고 하는 말이라. 이때 몇십 배 장사를 한 이들 중에 거부도 나와 '밀수 신화'를 남겼지. 게다가 '로스케' '하리마오' 따위의 조폭들도 설쳐댔고. 그러니 여기 국제시장 속의 찌든 풍상과 얼룩은 한마디로 말할 수 없을 정도지. 뭐라 그럴까. 국제시장이야말로 애환으로 점철된 도시 부산과 우리 삶의 짭짤한 맛이 곰삭아 있는 곳이라 할까. 난 국제시장을 국제적인 시장으로 만들어야 한다고 생각해. 그러려면 주차장 확보며 파는 물건들도 특화해야 하고. 그럼 부산관광의 대표적 명소로 거듭날 수 있거든. 근대의 역사가 살아 숨 쉬는 곳이니 물건뿐만 아니라 역사까지도 사 갈 수 있도록 만들어야 하지. 요즘은 물건만이 아니라 이야기도 같이 팔아야 하는 세상이잖아, 안 그래?"

* 이 글은 『굳세어라, 국제시장』(도요, 2010)에 게재된 글을 바탕으로 재편집한 내용임을 밝힙니다.

주방으로 숨어든
협객

−동래일신초밥
김재웅 대표

그러니 임란 당시 선조들처럼
이곳을 지키며 살아야지요.
무사는 아니지만
전 어차피 칼을 든 사람이 아닙니까.

누군가 그랬다. 부산의 정체성을 회복하려면 부산시란 명칭부터 동래시로 바꿔야 한다고. 그렇다. 부산의 정신은 동래에 있다. 동래의 지형을 보라. 일찍부터 신선이 산다는 동쪽의 봉래산이 있어 동래라 불렸다지 않은가. 뿐인가. 금정산을 위시하여 갖가지 크고 작은 산들마저 둘러싸고 있지 않은가. 여기에 널찍한 들판까지 갖추고 물까지 넉넉하니 이곳이야말로 신선조차 탐낼 만한 땅이 아니던가. 그러니 고래(古來)로부터 사람들이 모여들어 큰 고을을 형성할 수밖에.

사람들이 모이니 동래는 자연스레 행정과 경제활동의 중심지가 되지 않을 수 없었다. 자연스레 인재들도 모여들었다. 학문을 배우고 익히며 논하는 배움의 터전 역할도 했다. 그러니 이 땅을 지키기 위해 조상들은 위기가 닥칠 때마다 분연히 일어나는 선비정신을 발휘할 수밖에. 그런 정신을 잘 보여주는 것이 임진왜란 때의 동래읍성 전투이며, 일제강점기의 동래시장 일대에서 펼쳐진 독립만세운동이 아니던가.

그러하기에 부산의 정신을 이곳 동래에서 찾지 않을 수 없는 것이다.

어쩌면 일제는 이런 동래의 정신을 알고 있었을 것이다. 그렇지 않았다면 우리 땅을 강점하자마자 동래 역사를 지우기 위해 혈안이 되지 않았을 것이다. 동래 역사 지우기의 대표적인 사례가 바로 동래읍성의 모든 건물과 성곽을 없애는 일이었다. 일제는 동래읍성의 토지를 정리한 뒤 그곳에 건물 하나를 세운다. 그것이 바로 지금의 동래시장 상가건물이다. 동래의 역사를 지운 후 일제는 재빨리 행정과 경제의 중심을 부산부청으로 옮긴다. 그리하여 일본이 원하던 대로 유구한 고도심의 동래 고을은 쇠퇴의 길을 걷고 만다. 하지만 과연 그들이 동래의 정신마저 죽인 것일까. 아니다. 동래는 죽지 않았다. 동래의 정신은 면면히 이곳 사람들의 핏줄 속에 흐르고 있다.

동래에 와본 사람들은 안다. 동래사람들이 겉으로 부드럽지만 안으로는 의지가 굳은 외유내강형임을.

이런 품성 덕인지 타지의 사람들도 동래에 터를 잡으면 저절로 성품이 바뀐다. 어쩌면 동래는 사람을 다시 태어나게 만드는 명당일지 모르겠다. 여기 동래바닥에 터를 잡고 살아가는 요리사 김재웅(69세) 씨. 그도 마찬가지다. 비록 동래 태생은 아니지만 그는 이미 동래사람이 다 되었다. 이젠 그를 '동래의 신토박이' 쯤으로 불러도 좋다.

동래의 중심상권으로 거듭난 명륜 1번가. 지금 그는 그곳에 위치한 자그마한 일식집을 경영하며 살고 있다. 평생 요리를 위해 칼을 쥐고 산 사람. 그런 그이지만 우리는 그를 '칼을 쥔 채 주방으로 숨어든 협객'이라고 부른다. 왜 사람들은 김재웅 씨를 협객이라고 부르게 된 것일까. 필자는 그를 만나기 전부터 궁금했다. 하지만 그를 만나자마자 아하, 하고 무릎을 치지 않을 수 없었다. 칼을 닮은 예리한 콧등이며 모든 걸 다 담을 듯한 눈빛. 정말 조선시대 무사를 다시 만난 듯했으니까.

"에이. 협객이라뇨. 난 그저 50여 년을 요리칼만 쥔 채 살아온 일개 초밥집 요리사일 뿐입니다. 다만 부초같이 떠돌던 제가 이곳에서 기반을 잡고 살아갈 수 있기까지 동래사람들이 베풀어준 은혜를 잊지 못해 이제 조금씩 갚는다는 마음으로 돕기 시작한 거죠. 제 식당을 찾아주고 아껴주지 않았다면 지금의 저는 있을 수 없었을 테니까요. 장학회 사업 같은 일에도 소매 걷어붙이고 나선 것도 제가 너무 어렵게 컸기 때문입니다. 그뿐이에요."

그의 말처럼, 어릴 적 그는 몹시 가난했다. 그런데도 사람들은 그의 고향을 말하면 두 눈을 동그랗게 치뜬다고 한다. 그의 고향은 밀양시 상남면 예림리. 종남산과 마암산을 등지고 앉았고, 마을 앞으로는 응천강이 흘러가는 아름다운 곳이었다. 게다가 응천강을 감싸듯 길고 넓게 퍼져 있는 들판 덕분에 '눈맛'이 좋기로 소문난 동네이기도 했다. 그런 아름답고 풍요로운 동네에 태어나서 가난하게 자랐다니 믿기지 않는다는 것이다. 하지만 부자 동네에 다 부자만

사는 것이 아니지 않는가. 그렇게 입을 뗀 그는 나직이 자신의 약사(略史)를 들려주기 시작했다.

그는 가난한 집안에 태어났지만 가난이 부끄러운 줄은 모르고 살았다. 단지 살아가는 데 조금 불편하다고 느꼈을 뿐. 그런 그에게 불행의 그림자가 드리운 건 지금으로 치자면 초등학교 1학년 때였다. 갑자기 아버지가 돌아가신 것이다. 아버지가 돌아가시자 가세는 가파르게 기울었다. 병약해 늘 누워 있던 아버지였지만 있는 것과 없는 것은 하늘과 땅 차이였다. 아버지가 보고 싶을 때면 그는 여동생의 손을 잡고 아버지의 산소로 향하곤 했다. 어느 날, 산소에 다녀오던 오누이를 보고 어머니가 말했다. 두 번 다시 산소에 가려면 집으로 올 생각을 말라고. 아마 어머니는 부러 부정을 떼게 하려 그랬을 것이다. 이후 아버지의 산소를 찾는 발걸음은 들로 바뀌고 말았다. 아버지가 없어도 시간을 흘러갔다. 어느새 그는 중학교 교복을 입은 나이가 되었다. 하지만 그의 등에는 책가방보다 지게가 지어져 있는 경우가 많았다. 중학

졸업을 앞두자 친구들이 하나둘 고입 준비에 여념이 없었다. 그도 부러 집안일이 끝나면 책을 펼쳤다. 열심히 공부하는 모습을 보여주면 어머니가 고등학교에 보내줄 줄 알았다. 하지만 어머니는 그런 그를 힐끔거릴 뿐 달다 쓰다는 말이 없었다. 그저 일없이 방을 빠져나가 돌담 밖만 바라보기 일쑤였다.

그런 어느 날이었다. 뜬금없이 어머니가 낡은 돼지우리를 손보기 시작했다. 그런 다음에는 읍내로 나가 새끼돼지 한 마리를 사 왔다. 재웅아! 어머니의 목소리에 얼른 우리로 달려갔다. 니 말이다, 요놈 커서 새끼 낳으면 그때 고등학교 가몬 안 되것나? 어머니의 말에 달리 대꾸할 말이 없었다. 집안 형편을 빤히 아는 터라 제 고집만 부릴 수 없었던 것이다. 그는 말없이 몸을 돌려 방으로 들어와 책가방 속에 들어 있던 농업 교과서만 펼쳤을 뿐이다. 버크셔 돼지는 생후 8~10개월이면 번식이 가능하다. 임신일은 114일이며 한꺼번에 10마리 정도의 새끼를 낳는다. 그렇다면 그는 올해에는 고등학생이 될 수 없다는 얘기였다. 입에서 긴 한숨이 터졌다.

친구들이 교복을 입고 고등학교로 향하는 그 시각,
그는 일을 하기 위해서 들로 나서야 했다. 일손이 필
요한 곳이면 그는 어디든 달려갔다. 남의 외양간을
치고 거름을 나르고 쇠꼴을 베었다. 농번기에는 모내
기를 돕고 김을 매고 추수도 했다. 그렇게 지친 몸이
었지만 돼지우리를 살피는 일은 한 번도 빠뜨린 적
이 없었다. 녀석이 하루빨리 커야 그도 고등학생이 될
수 있었으니까. 하지만 어머니가 약속한 일 년이 지
났지만 진학은 미뤄졌다. 돼지를 팔아 마련한 돈은
이미 날아가버린 지 오래였다. 그제야 그는 알았다.
어머니가 그를 고등학교에 보낼 생각이 애당초 없었
다는 사실을.

"그래서 이왕 배우지 못할 거면 촌구석에서 그냥
썩지 말고 대처에 나가 돈이라도 벌자 싶었죠. 그래
서 일을 하고 있는 친구들한테 작심하고 구직 편지를
썼지요. 전국 각지에요. 그랬더니 부산에 있는 친구한

테 맨 먼저 연락이 왔어요. 칼국수집에서 사람을 구하는데 일할 생각이면 오라고요. 그때야 뭐 제가 물불 가릴 계제였나요. 먹여주고 재워주면 어디든 달려갈 태세였으니 곧장 보따리 싸서 부산으로 올 수밖에요. 아마 칼국수집에서 3개월 정도 일했을 거예요. 근데 주인 양반이 약속한 월급을 반밖에 안 주는 거예요. 200원을 주기로 해놓고 말예요. 그래서 아, 이곳에 오래 있으면 안 되겠다 싶어 야반도주를 하듯이 일자리를 옮겼지요. 그곳이 바로 평생 천직의 밑천이된 초밥집이었어요."

며칠이 지나자 칼국수집보다 월급이 많은 이유를 알게 되었다. 일이 그만큼 고되었던 것이다. 그의 일과는 꼭두새벽부터 시작이었다. 눈을 뜨자마자 간밤의 식당에서 나온 쓰레기를 치워야 했다. 리어카에 쓰레기를 모아 싣고 큰길까지 나가야 했다. 그런 다음 청소차가 오기까지 길모퉁이에 쪼그리고 앉아 졸아야 했다. 졸다가 보면 청소차 종소리가 울렸다. 쓰레기를 치우고 나면 주방에 들어와 석탄불을 피워

놓아야 했다. 당시만 하더라도 연탄이 생산되지 않을 때였으므로 불을 피우는 일은 고역 중의 고역이었다. 비라도 오는 날이면 불을 피우는 일에만 몇 시간을 매달려 있을 정도였다. 요리사가 출근하기 전에 석탄을 피워놓지 않으면 그날 장사를 망친다. 그러니 날씨와 관계없이 어떻게든 불을 피워야 했다. 그렇게 매운 연기를 쐬어가며 불을 피우고 나면 이번에는 흐트러진 석탄 부스러기를 쓸어 모아 황토와 섞어 환을 만드는 일을 해야 했다. 석탄환은 햇살에 말려 다시 사용하는 불쏘시개 역할을 하니까. 옥상에 석탄환을 나른 다음에는 칼을 갈아야 했다. 칼의 종류도 많아서 어떤 날은 한밤중에 미리 칼부터 갈아놓고 잠드는 경우도 있었다. 칼까지 다 갈고 나면 이제 그가 할 일은 요리사의 눈치를 살피는 것이었다. 만약 요리사가 칼날을 손끝에 쓰윽 문질러보고 맘에 들지 않으면 사정없이 칼날을 시멘트 바닥에 문질러버리기 때문이었다. 그러면 모든 게 헛수고였다. 다행히 그런 고비를 넘기고 나면 본격적인 손님맞이가 이어졌다. 그러니 영업이 끝나는 그 시각까지 엉덩이를 붙이고 쉴 여유를 갖기 어려웠다. 하지만 그는 누구보다 열심히 일했다. 그렇지 않으면 돈을 모을 수 없기 때문이었다.

그렇게 바쁘게 하루하루를 보내던 어느 날이었을 것이다. 주방에서 열심히 야채를 썻고 있는 그에게 주인이 다가와 말했다. 이놈 장가까지 내가 보내줘야 되겠네? 무슨 말인가 싶어 돌아보았다. 주인은 아무 말 없이 껄껄껄 웃기만 했다. 주인이 나가자 주방장이 그를 보며 말했다. 이 시키, 내일부터 칼 잡을 준비나 해! 순간 속이 울컥했다. 이렇게 빨리 그에게 칼을 쥘 기회를 주다니. 칼을 쥔다는 건 본격적인 요리사 과정을 밟게 되는 것이 아닌가. 이 얼마나 기다리던 일이던가. 눈물이 빙그르 돌고 그간 이곳에서 고생한 일들이 주마등처럼 스쳤다. 주인에 대한 고마움에 그는 더욱 열심히 일했다. 셰프는 성가시다는 듯 요리의 과정을 그에게 대충대충 가르쳐주었다. 그래도 상관없었다. 가르쳐만 준다면 뭐든 배울 준비가 되어 있었으니까. 그는 주방장이 시키는 대로 생선 머리를 자르는 일부터 초밥 간장을 만드는 것까지 배웠다. 그런 다음 갖가지 초밥을 만드는 것이며 생선포를 뜨는 요령도 익혔다. 새로 배운 내용은 공책에 정리하지 않으면 잠자리에 들지 않았다. 정말 요리사가 되기 위해 배워야 하는 음식만도 한두 가지가 아니었다.

"제가 처음 요리를 배운 곳이 중앙동 신봉초밥이에요. 그분도 가난한 집안에 태어나 일식집 사장으로 성공한 분이었지요. 그러니 제게 더 자상했겠지요. 그분이 어느 날 저를 불러 말씀하시더군요. 이제 다른 곳에 가라고요. 갑자기 무슨 말인가 싶었어요. 저를 믿고 장가까지 보내주겠다던 분이 갑자기 나가라니 놀랄 수밖에요. 그런데 알고 보니 그게 다 저를 위한 배려였어요. 여러 곳을 옮겨봐야 새로운 요리법을 익힐 수 있다는 걸 제가 몰랐던 거지요. 원래 식당이 그래요. 그 집에서 제일 잘하는 메인요리가 있게 마련이니까. 덕분에 이곳저곳에 근무하면서 많은 요리를 배울 수 있었습니다. 그러다가 스펙이 좀 쌓이니까 동래에 있는 화송초밥에서 스카웃 제의가 들어왔어요.

그게 동래에 터를 잡게 된 계기나 마찬가지지요."

　70년대의 동래는 도심인 중앙동 일대와 달리 공장
이 즐비한 변두리에 불과했다. 금성그룹 계열의 공장
을 위시해 군부대, 세신실업, 대우실업, 부산제철, 동
일공업, 왕표연탄까지 온갖 공장들이 들어서 있었고
공장이 들어서지 않은 곳은 죄다 논밭뿐이었다. 하
지만 공장 덕분에 월급날이면 동래시장 일대는 사람
들이 미어져 나갈 정도로 붐볐다. 이 정도면 장사도
쏠쏠하겠구나 싶었지만 당시만 하더라도 초밥은 왜
놈 음식이라는 거부감 탓인지 손님이 별로 찾지 않았
다. 그저 짜장면보다 못하면서도 값만 비싼 음식으
로 치부할 정도였다고나 할까. 간혹 식당에 들른 손
님도 음식에 대한 불만을 토로하기 일쑤였다. 와 여
게는 음식을 주다가 마는 긴고? 그제야 그는 이곳 사
람들의 식성을 알아차렸다. 이곳은 음식의 질이 아니
라 양으로 승부해야 하는 곳임을. 이후 주인과 상의
해 음식의 양을 늘렸다.

손님이 하나둘 늘기 시작했다. 찾은 손님을 다시 오도록 하기 위해 최선을 다했다. 그러자 저녁이면 앉을 자리가 없을 정도로 초밥집이 붐비기 시작했다. 식당 주인은 3년 만에 수안동에 번듯한 건물까지 지을 정도였다. 새집으로 이사를 앞둔 주인이 그에게 제의했다. 여기서 2년만 더 일하다가 자네가 이 식당을 인수하라고. 그 말에 그의 귀가 번쩍 뜨였다. 그래서 정말 열심히 일하면서 짬짬이 새로운 요리도 개발했다. 이곳이 자신의 가게가 된다 싶자 힘이 저절로 솟구쳤다. 하지만 정작 약속한 2년이 지나자 까다로운 인수 조건을 내세웠다. 제시한 전세금이 그가 감당할 수 없을 정도로 비쌌다. 고민에 고민을 거듭하던 그는 결국 식당 인수를 포기했다. 그러던 차에 새로 짓고 있는 건물이 눈에 띄었고 마음먹은 김에 20평 남짓한 작은 건물을 임대하고 말았다. 그렇게 일을 저지르고 나니 만사가 걱정이었다. 하지만 '일신우일신(日新又日新)' 하는 마음으로 손님에게 신선한 음식을 제공하면 망하지 않겠지 싶어 상호도 '일신'으로 정해버렸다. 하지만 불안감은 가라앉지 않았다.

　개업하는 날, 그는 요리사의 길을 열어준 은인을 잊을 수 없어 중앙동의 신봉초밥 사장님에게 전화를 냈다. 그러자 그분은 한걸음에 달려와 축하해주었다. 그런 이후에는 부러 손님을 모시고 그의 식당을 방문해주었다. 덕분에 그는 용기를 얻을 수 있었다. 여럿이 하던 일을 혼자 감당하려니 몸도 더 고달팠지만 첫술에 배부른 장사가 어디 있으랴. 그저 손해만 안 보면 된다 싶어 손님에게 최선을 다했다.

　입소문을 탔는지 손님이 늘기 시작했다. 그랬는데 어느 순간 홀이 좁아 어쩔 수 없이 이 층 다방에서 손님을 기다리게 해야 할 정도가 되었다. 몰려드는 손님에게 미안했다. 아무래도 좀 더 넓은 곳을 찾아봐야 할 것 같았다. 아내는 만류했다. 하지만 돈이 아니라 찾아오는 손님을 생각하니 포기할 수 없었다. 근처에 있던 동아초밥에서 인수 제의가 들어왔다. 공간도 넓고 심지어 기존 인테리어까지 그대로 활용하면

되니 초기 투자금도 들지 않는 조건이라 군침이 돌았다. 하지만 막상 매입하려니 역시 인수금액이 부담스러웠다. 인수를 포기하지 않을 수 없었다. 대신 그는 중심가에서 벗어난 곳이지만 일단 부지부터 확보하기로 했다.

땅을 사자 마음이 달라졌다. 내 건물 번듯하게 지어 마음 편히 장사를 해보자는 마음 때문이었다. 그 바람에 무리를 해서 은행 빚을 냈다. 그런데 일이 꼬이고 말았다. 국가가 부도가 나는 사태가 벌어진 것이다. 이름하여 아이엠에프 시대. 여기저기서 사람들이 죽는다고 아우성이었다. 이자는 감당하기 어려울 정도로 높아갔고 사람들 씀씀이까지 줄어들자 인건비조차 부담될 정도였다. 앉으면 터져 나오는 게 한숨이었다. 하지만 평생 걸어온 길을 여기서 접을 수는 없었다. 배운 게 칼질이니 망해도 칼로 망할 각오로 버틸 수밖에.

"힘들었지만 세월이 흐르자 가게 매출이 점점 안정

세를 보이기 시작했어요. 덕분에 지금까지 오게 되었지요. 그런데 가만 생각해보니 그게 제가 잘해서가 아니란 걸 알았어요. 손님이 찾아주지 않았다면 지금의 제가 없었을 테니까요. 생각해보세요. 아버지가 아들의 손을 잡고 왔던 곳을 아들이 자라 다시 제 자식의 손을 잡고 와주니 얼마나 고맙습니까. 고마움을 갚는 길을 생각하다 보니 음식나눔 봉사활동을 안 할 수가 없지요."

세월이 많이 흘렀다. 그도 내년이면 칠순의 노인이다. 하지만 그는 자랑스럽다. 퇴직한 친구들과 달리 아직 현직에 종사하고 있으므로. 그래서 친구들과 모임이 있으면 농담 삼아 친구들에게 흰소리하곤 한다. 아직 칼 잡고 있는 놈은 나밖에 더 있냐고. 맞다, 그는 영원한 현직이다. 그의 친절 덕분에 이제 동래 사람치고 일신초밥을 모르는 사람이 없고 대표인 그를 몰라보는 이도 없다. 그를 아는 사람들은 말한다. 평생을 칼을 잡았으니 일식요리의 대가 중의 대가라고. 하지만 그는 손사래 치기 바쁘다. 평생을 요리를 해왔지만 아직 자신 없는 게 요리라고. 사실 세월이 사람의 입맛을 다르게 만드니 요리의 레시피도 그에 따라 달라져야 하는데 나이가 드니 그게 쉽지 않다. 하지만 이렇게 문을 계속 열 수 있게 된 건 잊지 않고 찾아주는 고객 덕분이다. 자신의 성공을 다른 이에게 돌릴 줄 아는 넉넉한 배려. 그런 마음이 꼭 이곳 태생의 선비 같다.

"부산의 정신은 동래에 있는 것이 맞죠. 중구가 근대사의 중심지라면 그 이전의 역사 중심지는 당연히 이곳이죠. 주위를 둘러보면 그런 역사의 흔적들이 많이 남아 있어요. 동래구청에서도 그런 역사를 복원하려고 노력 중이구요. 이곳 동래가 살아야 부산이 삽니다. 동래사람들은 자부심을 갖고 살아야 돼요. 안 그래요? 저야 뭐 반토박이지만 우리 자식이야 이곳이 고향 아닙니까? 그러니 임란 당시 선조들처럼 이곳을 지키며 살아야지요. 무사는 아니지만 전 어차피 칼을 든 사람이 아닙니까. 하하하."

그는 멋쩍은 듯 웃었다. 하지만 그의 말이 틀린 건 아니다. 그가 칼을 잡은 지 어느덧 51년. 그러니까 그 세월 동안 칼을 쥔 채 이곳 동래를 지킨 셈이라고나 할까. 그는 운명적으로 동래로 오게 되었지만 누구보다 동래를 사랑한다고 했다. 그러면서 목숨이 다할 때까지 동래의 발전을 위해 노력할 거라고도 했다. 동래도 예전과 달리 많이 발전했다. 구청의 노력으로 고도심(古都心)의 분위기도 되살아나 관광객도 많이 늘었다. 그렇다면 그런 이들을 위해 부산의 다양한 먹거리도 제공해야 한다. 인터뷰를 마치기 무섭게 그는 주방으로 달려간다. 예약 손님을 맞아야 하기 때문이란다. 그의 수하에서 요리를 배우다가 독립해 나간 이도 20여 명. 그러니 그는 성공한 CEO다. 하지만 그는 현실에 만족하지 않는다. 손님에게 제철에 맞는 식재료를 이용해 식단을 짜려고 노력 중이다. 어쩌면 이런 노력이 있기에 손님들의 발걸음이 끊이지 않는지 모르겠다.

백자같이 은은한 그
소설적 무늬

−소설가 조갑상

그런 걸 생각하면
소설을 함부로 써선 곤란하지.
소설이야말로 복잡한
논리적 거짓말의 구성물이니까.

갑상. 이름이 특이하다. 아무리 스펙을 쌓아도 '을'의 신세를 면치 못하는데 무슨 선견지명이 있었는지 '갑'이라니. 게다가 한술 더 떠서 '상' 자까지 턱하니 붙여놓았으니 이 세상에 나올 때부터 뭔가 남다른 탄생설화나 태몽이 있을 듯했다. 그래서 묻고 말았을 것이다.

"에이, 무슨 그런 쓸데없는 궁금증을 유발하고 그래? 갑(甲)은 12간지의 갑도 되지만 '갑옷 갑' 자로 볼 수밖에 없지. 형제 중에 맏이도 아닌 셋쨈데. '상' 자는 돌림자야. 더군다나 한자로는 '위 상(上)'도 아닌 '서로 상(相)'이고. 모친으로부터 처음으로 산파를 모셨다는 얘기는 들었지만 태몽 같은 걸 꿨다는 얘기는 못 들었어. 태몽 뒤에 이름을 그렇게 지었다면 아마 사는 게 지금보다 훨씬 무거웠겠지. 안 그래?"

짚어도 단단히 잘못 짚었다. 게다가 대학 연구실 하나를 차지하고 앉은 시쳇말로 '꼰대' 신세라고 덧붙이니, 그 말이 틀린 것도 아닌 성싶었다. 하지만 곰곰이 생각해보니 이게 다 의뭉일 수 있다. 워낙 언어를 부리는 데만큼은 능치는 재주를 타고난 양반이니까. 물론 그가 모임에서 앞장서서 분위기를 주도하는 건 아니다. 단지 적절한 상황에 약간의 위트를 가미한 멘트를 날릴 뿐. 구구절절 길지도 않으면서 짧다면 짧은 한마디가 좌중들로 하여금 까르르 웃고 노래하게 만든다. 그러니까 그는 사람의 심장을 은근히 쥐었다 놓았다 하는 묘한 재능을 가졌다고나 할까.

"초등학교에 다닐 때만 해도 전후의 혼란기라 뻑하면 자습이야. 그때 내가 교단에 나가서 아이들한테 이야기를 들려주곤 했지. 다른 아이들과 달리 내가 얘기를 하면 이상하게 아이들이 집중하곤 했거든. 그때부터 이야기꾼이 될 거라고 생각하고 있었어. 그러다가 중학교 때『학원』지에 내 글이 실리자 대학에 간다면 서라벌예대로 가야지 하고 맘먹었지, 허허허."

당시『학원』지에 글깨나 발표하던 문재(文才)들이 죄다 모여들었다는 서라벌예대 문예창작학과. 고교

생이 된 그는 거기로 진학해 소설가가 될 생각이었다. 하지만 종합대학 아니면 서울로 보내주지 않겠다는 부모님의 '협박'에 결국 중앙대 철학과를 지원하게 된다. 그러나 그는 자신의 꿈을 포기하지 못해 중앙대 2학년 진급 전, 미아리에 위치한 서라벌예대에 원서를 넣게 되고 부모님이 준 등록금을 입학금으로 전용해버린다. 그때 그는 다짐에 다짐을 했다. 졸업 전에 반드시 소설가로 되리라고. 문창과에 입학한 그는 거기서 시인 오정환, 이시영, 소설가 송기원 등의 문우와 교류하고 김동리, 안수길, 이호철, 유주현 선생님으로부터 본격적인 가르침을 받는다. 하지만 졸업 전 등단 목표는 끝내 이루지 못한다. 1976년에 졸업한 후 경남 의령 정곡중학교에서 교편을 잡기 시작한다. 꿈을 포기할 수 없어 퇴근하면 책상에 앉아 밤새 소설을 쓰고 또 썼다. 지난한 창작은 부산으로 직장을 옮긴 다음에도 계속되었다. 그러던 중 드디어 1980년 동아일보 신춘문예에 「혼자 웃기」로 당선된다.

"원래 마산에서 태어났어. 공무원인 아버지 때문에 부산으로 오게 된 거지. 동구 수정동에서 제법 오래 살았어. 그때 당시만 해도 철도와 부두, 미군부대 등에 나가는 아버지들도 많았었고.「혼자 웃기」는 경찰의 연락을 받고 광복동에서 인질극을 벌이는 친구를 설득하러 가는 동서기가 같이 자랐던 시절을 회상하는 이야기야. 도시 빈민 2세대, 철거, 외로운 청춘, 뭐 그런 얘길 하려고 했었지."

그의 독특한 소설적 서사는 등단작에서부터 드러난다. 김경수 평론가의 지적처럼, 조갑상 소설가는 결코 소재의 신기성(新奇性), 긴박한 소설적 전개, 사건의 중첩과 놀라움, 혹은 반전의 결말 등과 같은 손쉬운 독자 편의 요구에 호응하지 않는다. 오히려 독자들의 취향과 일정한 거리를 유지한 채 우리 삶에서 온전히 포착될 수 없으며, 오히려 선험적으로 이해되고 있는 플롯을 위반하여 인간 개개인이 곱씹어가면서 스스로 해명하지 않으면 안 될 삶의 문제를 담담하게 제시해낸다. 어쩌면 이런 소설관이 그를 일반 독자와의 거리를 두게 만들었는지 모른다. 하지만 그의 작품들이 내장하고 있는 작품성만은 이미 평론가들 사이에 입소문이 나 있다.

"박완서 선생 말마따나 '소설가는 허가받은 거짓말쟁이'지. 하지만 아무리 소설이 허가받은 거짓말일지라도 독자로 하여금 삶의 모순이나 우리 사회의 표정을 다시 생각하게 만들어주는 상상력이 필요해. 작가야말로 자신의 고민을 세상과 나누면서 또한 타인의 고통을 내 것으로 수용해야지, 작품세계가 어떠하다는 걸 제 입으로 말해 무슨 의미가 있겠어. 그걸 또 누가 믿어주겠나. 그런 걸 생각하면 소설을 함부로 써선 곤란하지. 소설이야말로 복잡한 논리적 거짓말의 구성물이니까."

그의 소설적 문장은 쫀득쫀득하기로 유명하다. 문장과 문장은 작은 흠 하나 없이 잘 연결돼 이음새를 확인할 수 없을 정도로 자연스러운 서사적 흐름을 보인다. 하지만 이런 문장들이 모여 만든 한 편의 소설

임에도 불구하고 결코 요란스러운 무늬를 아로새기
진 않는다. 그러니 조선의 백자처럼 보일 듯 보이지
않는 은은한 소설적 무늬를 간과할 수밖에. 오직 예
리한 안목의 소유자만이 돌올하지 않지만 아련하게
새겨진 무닛결을 발견할 수 있다. 이런 조갑상 소설
가의 독창적인 소설적 무늬를 김중하 평론가는 극찬
한다. "누군가에게는 쉽게 보이는 길이 누군가에게는
미로가 되는 것처럼 저 양반이야말로 쉽게 쓰는 것처
럼 보여도 그 안에 고수의 솜씨를 드러내는 양반"이
라고.

그는 지금껏 세 권의 소설집과 두 권의 장편소설,
그리고 네 권의 산문집과 연구서를 펴냈다. 그러면서
도 한사코 '문단의 오지' 같은 부산을 고집했다. 그런
점에서 그는 향파와 요산의 계보를 잇는 부산의 대표
적 소설가로 꼽을 만하다. 아니, 그가 남긴 현재까지
의 족적만으로도 그들의 업적에 버금간다. 그가 나타
남으로써 부산에 흩어져 창작하던 소설가들을 연결
해 부산소설가협회라는 별자리를 만들었으며, 발표

지면 확보라는 숙원의 사업을 소설 전문 계간지 『좋은소설』 창간으로 이뤄냈으니까.

"지역의 소설가라는 게 자영업자 처지나 마찬가지야. 문을 열고 있지만 막상 망한 거나 뭐가 달라. 발표 지면이 없는데 창작 의욕이 생길 수 있겠어? 그러니 아무리 재능이 있어도 등단한 후 얼마 뒤면 그냥 기권 선언을 하고 슬그머니 사라져버리지. 내가 겪은 고통을 후배작가들에게까지 대물림해줄 순 없었어. 그래서 시작한 거야."

역시 그는 생각의 각도가 예리하고 사유의 깊이 또한 남다르다. 당신의 처지보다 후배의 '문학적 생존'을 먼저 생각하다니. 이런 후배 사랑도 어쩌면 그의 머리보다 가슴이 시킨 일인지 모른다. 그런데도 사람들은 그를 처음 보면 깐깐한 양반으로 착각한다. 그도 그럴 것이 외양상 강마른 체격에 목소리조차 낮으니 그럴 수밖에. 하지만 그와 몇 마디 얘기를 주고받으면 누구보다 정이 많은 위인임을 알 수 있다.

그러니까 그게 언제였더라. 때마침 후배소설가 하나가 한창 창작에 '올인'할 나이에 덜컥 병에 걸리고 말았다. 그 소식을 들은 사람들은 다들 한숨만 내쉬었다. 하지만 그는 유달랐다. 소식을 들은 그가 가슴 어딘가가 깊이 파인 것인지 흐흑, 하고 울음보를 터뜨린 것이었다. 그는 눈치 없이 눈물이 떨어졌다는 듯 얼른 눈가를 훔쳤지만 나는 보고 말았다. 슬픔이 잔뜩 묻은 눈물방울이 구두코 위에 떨어지는 것을. 그는 그 뒤에도 한참 동안 고개를 들지 않았다. 마치 충격을 받은 자신의 심장을 꼬옥 끌어안고 달래는 것처럼. 술자리가 적막강산으로 변한 건 당연한 수순이었다.

"내가 문단 심부름꾼 노릇을 너무 오래 했어. 근데 정태규 소설가가 등단한 거야. 얼마나 반가웠는지 옳다구나 싶어 얼른 짐을 떠넘겨버렸지. 그랬는데 이 친구가 루게릭병에 걸렸다니 마음이 안 아리겠어? 고생시킨 걸 생각하니 나도 모르게 픽, 눈물이 솟더구먼.

허허허."

그는 무안한지 봄바람 같은 부드러운 웃음을 흘렸
다. 그렇다. 그는 착하디착한 심장을 지닌 작가다. 그
의 곁에서 가만히 귀 기울이면 실핏줄 속으로 흐르는
정이 느껴질 정도로. 그가 건네는 말 또한 끈끈한 성
분 같은 게 있어서 사람을 은근히 달라붙게 만든다.
그렇다고 후배들에게 정만 쏟는 것은 아니다. 후배작
가의 태작(怠作)에 대한 따끔한 충고도 잊지 않는다.
경우에 따라서는 그 말이 얼마나 맵고 따가운지 문신
처럼 가슴에 새겨질 정도다.

"고인 물은 밟아줘야 튀는 법이지. 안 그러면 발전
이 없어. 그러니까 이제 육십이 넘은 내가 먼 길을 동
행할 후배들에게 할 수 있는 게 뭐가 있겠어. 이런 악
역이라도 맡을 수밖에."

맞다. 그게 선배의 역할이고 부산소설을 기름지게
하는 일이다. 그게 그의 책무임을 알아서일까. 지금도

그는 소설을 놓지 않고 산다. 창작은 쓰기와 읽기를 병행해야 한다고 역설해왔듯이, 계절마다 발간되는 계간지를 여전히 읽으며, 출간되는 신간소설들까지 족족 사다가 훑는다. 그런 사실은, 만날 때마다 누구의 소설을 읽어봤냐고 그가 먼저 묻고 나서니 알 수밖에. 그런 면에서 그는 일선에서 물러났지만 여전히 하는 일이 많은 사람이다.

지금처럼,
지금처럼만

−시인 최영철

그는 앞으로도
묵묵히 자신의 길을 갈 것이다.
마치 그믐달이었다가 초승달로,
그리고 반달에서 보름달이 되듯이 차근차근.

최영철 시인은 달이다. 그는 결코 걸음발을 서두르거나 재촉하는 법이 없다. 밤하늘을 혼자만의 보법으로 걷는 달처럼 누가 봐주든 봐주지 아니하든 묵묵히 자기의 걸음을 유지한다. 눈빛 또한 예외가 아니다. 두꺼운 뿔테 안경 속의 두 눈망울은 그윽하다. 그저 달빛처럼 은은하게 상대를 애달프게 바라보며 어루만진다. 그런 따스한 눈을 지녔기에 우리가 보지 못하는 사물들의 이면을 들여다볼 수 있었던 것일까.

"원래 느려요. 교통사고로 한쪽 다리를 크게 다친 게 중학 2학년 때인데 그 이전의 기억을 떠올려봐도 전력으로 달음박질을 한 기억이 별로 없어요. 말하는 것 역시 즐겨 하는 편이 아니었죠. 누가 말을 시키지 않으면 한마디도 않고 하루를 보낸 날도 많았습니다. 동짓날 오후, 음의 기운이 충만할 때 태어나 그런지 모르죠."

평생에 걸쳐 뛰어본 기억이 없다니. 그렇다면 그는 태생적으로 느림의 철학을 타고났단 말인가. 느린 걸음을 지녔기에 주위의 사물을 더 자세히 볼 수 있고 더 자세히 보기에 남이 보지 못한 것들을 잡아낼 수 있었을까. 그의 시를 읽노라면 마음이 저절로 차분해지고 하잘것없는 사물조차 새롭게 느껴진다. 그렇다고 시의 어조가 강하지도 않다. 그냥 옆에서 나직이 읊조리듯 부드럽다. 그럼에도 시의 울림은 크다. 이런 놀라운 감성을 지닌 시인이 태어난 곳은 창녕 남지. 초승달처럼 휘어진 낙동강 언저리라고 했으니 달의 기운을 품고 태어났는지 모를 일이다.

"무일푼으로 이사를 감행한 부모님은 부산의 어느 달동네에 정착하여 반 칸 방에서 전등 하나를 주인집과 나누어 쓰셨죠. 그 가난한 반 칸짜리 방에서 유년의 한때를 보냈습니다. 큰 소리로 울면 어머니가 힘들었을 것이니 울음을 참는 법을 어릴 때부터 익혔는지 모르겠어요."

부산으로 이주해 주인네와 함께 나눠 쓰던 알전구. 그 반달 같은 흐릿한 불빛으로 시인은 도시의 사물들을 더듬기 시작했을 것이다. 그랬으니 시인은 자연스레 보잘것없고 사소한 것들을 운명적으로 그의 시에 호명할 수밖에. 그런 작은 것들에 애정을 보내던 그를 시기한 것일까. 느닷없는 불운이 닥친다. 중학교 때 일어난 교통사고가 그것이다. 그 바람에 2년여 동안 다친 다리를 끌며 학창시절을 보내야 했다. 기질상 과묵했던 그는 다리마저 불편해지면서 몸의 움직임이 더욱 느려졌다. 하지만 불행은 그에게 새로운 삶에 눈뜨는 기회가 되었다. 아픈 몸 때문에 책과 가까워질 수 있었으므로.

"10대 중후반부터 여러 학생잡지와 학생신문 독자 문예에 시와 산문을 발표하는 재미로 힘든 시절을 넘겼어요. 학생잡지 문예란에서 이름을 익힌 전국의 문청들과 '시림' 동인을 결성해 동인지를 낸 것을 시작으로 부산 지역을 중심으로 한 여러 문청들과 갖가지 형태의 동인 활동을 했습니다. 그중 『지금 여기의 시』에 발표한 시가 계기가 되어 이윤택 선생과 인연이 맺어졌죠."

80년대는 동인지와 무크지의 시대였다. 진보적인 문학지 『창비』 『문지』 등이 정권에 의해 강제폐간이 되면서 작가들은 다른 지면을 찾아야 했다. 이런 시대적 상황은 부산도 예외일 수 없었다. 이윤택 선생은 당시 부산일보 편집부 기자로 근무하고 있었다. 지금이야 연극연출가로 더 유명해졌지만 당시에는 시인 행세를 제법 할 때였다. 이윤택 선생은 소설가 신태범 선생과 의기투합해 출판사를 하고 무크지 『지평』을 발간하던 중, 최영철의 시를 발견했다. 그러니까 일찌감치 그의 시적 재능을 알아본 것이었다. 얼마 뒤, 최영철은 보란 듯이 1986년 한국일보 신춘문예에 당선한다. 한국일보 신춘문예는 여느 신문사보다 최고의 상금을 내걸고 오로지 '시'와 '소설' 장르만 공모할 때였으니 최고의 영예를 안고 화려하게 중앙문단에 자기 이름 석 자를 당당히 알린 것이다.

"형제처럼 지내자고 하기에 형님이라 부르긴 했지만 한국일보 등단 전부터 제 시를 인정해주고 『지평』과 『현실시각』 같은 무크지에 발표지면을 만들어주었으니 여러 가지로 고마운 분입니다. 이윤택 선생 때문에 다시 출판 일을 시작했고, 지금 도요예술촌에서 한솥밥을 먹으며 지내게 되었으니 예사 인연이 아니죠."

한국일보 등단작 「연장론」에는 최영철 시인의 세계관이 고스란히 녹아 있다. 그는 이 시에서 대패, 톱, 못, 망치, 몽키 스패너, 바이스 프라이어 등과 같은 생김새도 다르고 쓰임새 또한 차이가 나는 연장들을 통해 인간 또한 각기 나름대로의 고유한 생김새와 개성, 그리고 기능과 역할을 수행하면서 세상을 살아가고 있음을 드러냈다고나 할까. 그러니까 그의 시에는 오늘날과 같이 서로 단절되고 불신이 깊어만 가는 시대에 있어서 서로 화해하고 협동함으로써 바람직한 삶의 길로 나아가고자 하는 조화와 연대의 사상이 담겨 있다고나 할까.

"모든 사물은 평등하고 모두 쓸모가 있다는 생각을 합니다. 그래서 모두 존엄하구요. 이것은 서정시의 중요한 열쇠일 겁니다. 또 인간과 지구와 우주의 존속을 위해 꼭 필요한 중요한 가치관이라고 생각하고 있구요. 그리고 만물은 결여와 결손으로서도 평등합니다. 그것을 인정하고 수긍하며 상호연대와 부조의 관계를 형성해야 합니다."

이런 시인의 세계관은 배워 익힌 것이 아니라 천성적으로 타고난 기질이다. 낮고 차분한 그의 목소리가 이를 증명한다. 그는 상대방이 멀리 있어도 가까이 있는 듯 조곤조곤 속삭인다. 구모룡 평론가가 '관계의 시학'이라고 지적한 것처럼 시인의 시는 일관되게 인간과 사물, 인간과 인간, 인간과 자연 등의 관계 속에서 인식하고 있다. 그러니 성품 또한 보름달처럼 두리뭉실하다고 할 수밖에. 이런 성품 덕에 그는 초면의 사람과도 쉬 어울리고 마음을 연다. 그런 만남에는 항상 술이 뒤를 따랐다. 관계 맺기 위해 마시던 술이 그의 생명을 위태롭게 할 줄 그도 몰랐다.

"양정 고지대의 골목 안에 살 땐데 술을 마시고 마

지막 전철을 타고 귀가하다가 골목 입구의 전신주에 머리를 받은 것 같아요. 머리가 심하게 아파 골목 입구에 주저앉았다가 겨우 집에 들어가 쓰러졌는데 아침까지 의식불명이었던 거죠. 밖으로 출혈이 되었더라면 금방 병원에 갔을 것이고 별다른 후유증도 없었을 텐데 안으로 출혈이 계속된 데다 수술이 늦게 이루어져 회복하는 데 시간이 제법 걸렸습니다. 지금은 다소의 후유증은 있지만 그때 친구들이 병원 앞에 모여 장례도 의논했다고 하니 구사일생인 셈입니다."

다행이었다. 만약 그때 그를 잃었다면 우리는 어찌 되었을까. 달의 눈물같이 촉촉한 그의 시들을 더 이상 만날 수 없었을 것이다. 불행 중 다행으로 그는 다시 일어섰고 잃어버린 시간을 보상받듯 더욱 시에 매진했다. 수술 이후 그의 시 세계는 한층 깊어지고 넓어졌으며 일상을 넘어 우주까지 촉수를 뻗었다. 그러자 서울에서 응답이 왔다. 창비에서 알아보고 제2회 백석문학상 수상자로 결정한 것이다. 이후에도 그는 정통 서정의 적자로 자임하며 시의 길을 묵묵히 걸어왔다.

"저의 일상성은 변함없는 영역이지만 평이하고 단조롭다는 반성과 불만을 늘 가지고 있습니다. 시적 상상력이 너무 멀리 가면 모호해지기 쉽고, 전달에 집착하면 단순성의 함정에 빠지지만 그것을 넘어서는 세계를 보여주는 것은 쉽지 않습니다. 그러나 시 쓰는 자는 끊임없이 고민해야 할 부분이지요."

의미 전달에서 머무는 산문화의 함정을 넘어 시의 특장을 드러내는 방식이 무엇인지, 그것을 죽을 때까지 고민해야 할 부분이지만 만족할 만한 결과를 도출하기란 쉽지 않다, 그렇다고 그런 일을 게을리 하면 시라는 장르는 경쟁력을 잃고 고사할 것이니 정말 가혹한 과업이 아닐 수도 없다는 그의 말은, 자신의 시가 지닌 결점을 잘 알고 있다는 얘기다. 그러니 정통 서정을 고수하면서도 자신의 시관을 부단히 갱신하려 애쓴 것이다. 그런 시인의 고투는 시집을 세상에 내놓을 때마다 드러났다. 2010년에 묶어낸 시집 『찔

러본다』만 보더라도 시의 흐름이 이전 작품과 달리 부드러워지고 리듬이 부각되고 있기 때문이다.

"이젠 부산살이에 대한 자긍심과 자존심을 가져도 좋을 만큼 문화적으로 성숙해졌어요. 지원에 의지하지 않는 자생적 소집단이 많이 생겨났으면 좋겠습니다. 단체 중심의 문학운동은 한계가 있는 것이고 비대해진 문학단체가 문인 개개인에게 자극을 줄 여지가 희박해졌으니까요. 그러니 저마다의 역량을 재정비하는 데 힘을 쏟아야 할 때가 지금인 거죠."

그가 부산을 떠난 건 서울의 출판사에 근무하던 2년여가 고작, 평생을 '문학의 오지'인 부산에서 시의 길을 고수했다. 그렇게 한자리에서 펴낸 시집만 해도 벌써 열두 권째. 시집 모두가 한결같이 시적 긴장감을 견지해내는 수작이다. 이는 바로 그가 일부러 느리게 책과 책 사이를 산책하며 자신만의 세계를 깊고 넓게 만들어왔던 증좌이다. 그는 앞으로도 묵묵히 자신의 길을 갈 것이다. 마치 그믐달이었다가 초승달로, 그리고 반달에서 보름달이 되듯이 차근차근. 느린 발걸음은 느린 만큼 깊은 발자국을 새기는 법이다. 시인 최영철은 지금까지의 성취만으로도 부산을 넘어 한국문학사에 자신의 족적을 깊숙이 아로새겼다. 그러니 이미 그는 생물학적으로 늙은 나이는 아니지만 부산 문단의 원로인 셈이며, 부산을 대표하는 시인인 것이다. 그럼에도 그는 겸손하게 자신만의 보폭으로 시의 길을 걷는 중이다. 그러니 아직 태어나지 못한, 아니 곧 태어날 시의 모습이 더더욱 궁금할 수밖에.

* 이 글은 〈최영철 블로그〉에 수록돼 있는 해설과 대담들을 참고하였습니다.